幼年　水の町

小池昌代

白水社

幼年　水の町　目次

装丁　伊勢功治

幼年　水の町

赤い夏

川が町のなかを縦横に走っていた。墨を流したように黒く光って動かない。丸太が浮かんでおり、長い竿を使ってそれをさばく川並もいた。

小学校は家から少し遠いところにあって、子供の足では二、三十分かかった。いくつも橋を越えて通った。

下町の学習院などと、おちゃらかして親たちが呼んでいたその学校は、明治小学校といい、確かに古い伝統校だった。父も通った。叔父叔母も通った。ずっとあとになって、小津安二郎も卒業したのだと人から聞いた。

もっと近くに学校があったのに、なぜ、越境してまで明治に通ったのか。下町の親たちは誰もが忙しく、教育熱心というタイプではなかったはずだ。それでもそれなりに、すこしでも評判のよい学校に息子や娘を押し込もうとしたのだろう。町内の子供たちは、のぶこちゃんも、ひろえちゃんも、ともよちゃんも、のりこちゃんも、気づけば当たり前のように「明治」に通っていた。

懐かしい母校には違いない。今も尊敬する先生方がいる。しかしなかにはとんでもない人もいた。隣のクラスを担当していたのは明らかに少女に興味のある先生で、いつもはとても物腰が柔らかく、被害にあわなければ善い人だった。怒ったところを見たことがない。優しい人だとも感じていた。でもなぜか、気をつけたほうがいいという、顔を持たない忠告がさざなみのように広がっていき、触られたとか、手を握られたとか、抱きしめられたとか、膝に乗せられたとか、どれも見たわけではなく、伝聞ばかりだったものの、噂が立つ頃には女の子たちも用心するようになっていた。

その先生の外見が、ある日を境に劇的に変わった。それまでは、頭部にわずかな髪の毛がそよいでいるというふうだったのに、いきなり髪の毛が増え、ふさふさになった。かつらだ、かつらだ、とわたしたちは笑った。細くて背の高い先生だった。いつも少しハニカミながら、自分でもどうしたらよいかわからず困っているような風情があった。

いったんああして若返った以上、ハゲに戻ることはできないだろう。見たときのショックは今も覚えているが、子供ながらに親のような気持ちだった。「あぁ、やらなくてもいいのに、ばかなことをしたものだ」。

　禿げていることは少しも滑稽なことではない。いきなり若くなり、顔だけが取り残されるから、その違和感に笑いがこみあげてしまう。先生は抗っていた。老いを少しでも遅らせたかった。少女たちの仲間でいたかったのだろうか。黒々と豊かな頭髪は、先生の思惑とは逆に、先生自身を静かに罰しているように見えた。結局彼は、わたしたちの学年が卒業するまで担任を続け、その後も定年まで勤め終えたはずだ。

　また、ある美術教師は時折の授業で、「このクラスの美少女は誰ですか?」と聞くのが習慣だった。下品な質問だが、クラスじゅうが湧いて、男子が女子の誰かれを名指したりする。すると先生がその子のところに行って、しげしげと眺め、自分のスケッチブックにスケッチする。その間、当然、授業はストップ。

　わたしの名を言う男子がいた。先生が来る。ああ嫌だ。生理的に受け付けられない気持ちの悪い教師。やせて髪が長く、不潔な感じがする。スケッチが始まった。顔をふせて耐える。耐えることしか、思い浮かばない。暴力だと思う。そしてスケッチを素早く終えた先生は、教壇に戻ってつぶやくように言った。

「美少女というけど、それほどでもない。たいしたことはない」

わたしのことだ。男子たちがわっと笑う。わたしは笑わない。びっくりし、それからゆっくり傷つき、こんなことをこんなふうに言う人もいるのだと思い収める。その美術教師は思ったことを正直に言ったにすぎない。しかし持ち上げられたり急に下げられたりして、わたしは自分が観賞用の置物になった気がした。

先生がとりわけお気に入りの女の子がいて、その子のことを、みんな、マルと呼んでいた。丸山さんという名前ではなかったかと思う。短く切りそろえられた髪のはしが、癖っ毛のせいで西洋の子供のようにカールしている。ぷっくりともりあがったほっぺ、肉厚の唇。今にして思えば、ルノワールの絵に描かれた少女のようだ。

本人は好かれてとても困惑していた。身を縮ませながら、目を伏せて、先生にスケッチされることにじっと堪えていた。マルがかわいそうでならなかった。でもどうしていいのか、わたしにはわからなかった。

わたしも、他の子供も、実は教師がマルに目をつけたということに意外の感をもっていたが、それはわたしたちが、マルを美少女という枠組みで見たことがなかったからだ。マルはただ、どこまでも健康な赤い頰をした、わたしたちの仲間であった。そこへ急に、大人の、男の、物差しが差し込まれた。マルはわたしたちから隔てられ、大人の柵のなかに囲われた。柵のこちらから眺めたマルは、以前と少しも変わることのない、まるまると太った子犬のような、本当に愛くるしい少女に違いなかった。

けれどそんなふうに光り輝くものを発見し、わたしたちからマルを遠ざけたのは、薄汚れて身勝手な美術教師の「目」なのだった。

わたしたちが卒業するとき、記念文集が作られたが、先生たちからのメッセージ欄に、あの美術教師からのメッセージもあった。「きみたちに『真・善・美』を贈ります」とある。先生は大真面目だったが、わたしは心のなかで笑った。壮大なる空言。なんという虚しさ。美術教師が小さくなった。

六月の終わりには、板の蓋がはずされ、校庭にプールが現れる。

水のないプールの底には最初、枯葉がたくさん落ちている。わたしも底に降りてみたい。が、掃除をするのは大人たちの仕事だ。水泳の大嫌いなわたしは、水のないプールにこそ惹かれている。プールに水は、ないほうがいい。水のないプールで暮らしてみたい。プールに水が満たされれば、そこでは泳ぐことぐらいしか、やることがなくなるもの。

水泳の授業はなぜか肌寒い日が多い。こんなに寒いのにオヨグノカ？　どの子のくちびるも、まっさおにふるえている。なぜだか、そんな日の記憶しか残っていない。

男子はみな、赤いふんどしをつけさせられていた。もちろん、つける前には、ふんどしの巻き方を習ったはずだ。それは明治小学校の伝統を特徴づけるもので、明治といえば赤ふんということになっている。今は違う。赤ふんが廃止されたと聞く。赤ふんの何かが時代にそぐわなくなったのだ。

丸出しになったお尻、ひらりと垂れ下がった前垂れ。その奥に包まれた睾丸。男子のなかには嫌がる子もいた。わたしは何も感じなかった。ふんどしに萌える女子など周りに皆無だったし、嫌悪するほど意識もしていない。何かを感じたり考えたりはしていたはずだが、みんな黙って、表現しなかった。そしてただ、赤ふんの「赤」を、目のなかに収めていた。

わたしは夏の生まれだが水が怖い。胎児のころは羊水という水に浮いていたのに。いったん陸に上陸してしまうと、もはや前世のことをすっかり忘れ、わたしは二本足で立つ人間の女となって、当たり前のように肺呼吸をしている。水に入ると無力を覚える。息継ぎができない。顔に水がつくのが嫌だ。

しかしある日、抵抗をやめる。力をぬく。「浮く」ということを覚える。二十メートルを息継ぎなし、目はつぶったまま、見事、斜めに泳ぎきる。

指先がプールの向こう側のコンクリートの壁に触れる。ゴールの触感はざらりとしている。

物言わぬ、味気ない内壁。あの「ざらり」が、わたしをついに解放してくれる到着点だ。それに触れたとき、どんなにうれしかったことか。

そんな内壁のような人に、わたしはその後、出会っただろうか。

水泳の時間には、休む女子もいて、彼女らが泳げない原因をみな知っている。わたしも休んだ。「休みます」というと、「赤いやつか」とたずねる先生がいる。少女を愛するあの先生ではない。あの先生ならもっと繊細な聞き方をする。あるいはそんなことを詮索しない。そんなことを聴くのは、また別の先生。ぶよぶよした頬にほくろがたくさんあり、その体型から、「たぬき」というあだ名がついている。わたしはたぬきをプールに突き落としてやりたい。あとになって、じわじわと怒りがわいてくる。たぬきには、おそらく何を言っても無駄だ。

プールの水面は、そんなわたしたちの感情を、油のように浮かべて秋まで暗い。

池の匂い

深川という地名は今も町名の一つとして現存するが、かつては江東区の西側一帯を広く指す地名だった。元をたどれば、慶長年間に、大阪の人、深川八郎右衛門が埋立て・開発した「深川村」。その後、明治、大正、昭和と時代が移り、深川地区も編入や統合を繰り返した。その都度、町名も、その表示方法も変わったが、それに伴い、「深川」という呼び名も、削られたり復活したりを繰り返した。わたしが経験したもっとも最近の表示変更は一九七〇年。この年、わたしは中学生になった。それまで広い地域に枕詞のように被せられていた「深川」の二文字が、この年以降、不要になった。すなわち江東区深川平野町も、江東区平野町だけでいい。

フカガワという名称はこうして消えた。けれど叔父や叔母は、今でも「深川の家」という。結婚して家を出たわたしや妹もまた、実家に行くという代わりに深川へ行くと言ったりする。フカガワはなくなったのに、まだ生きている。幻の地名を今もみんなが口にしている。これはもう、単なる地名ではない。わたしたちの心の繊維にからみつき、地面の底に根をはっている。

深川地区のうち、木場から平野、冬木にかけては、うちも含めて多くの材木屋が商いをしていた。新木場への移転が始まるのは昭和四十年終わり。数年をかけて多くの材木屋が移り、深川の風景は今に至るまで激変していく。

あの頃、たくさんの材木屋がどうして共存出来たのかと思うが、取り扱う材木が微妙に違ったり、製材をやるところ、やらないところ、高級材を専門に取り扱う銘木屋や、原木を扱う原木問屋など、用途別にそれぞれの特徴を持っていた。

もちろん町には材木屋ばかりがあったわけではなく、数からいえば材木屋でない家のほうが多かったはずだ。だが商いをやっていると町内で仕切り役を任されることは多かったようで、お祭りなどでも何かといえば中心に材木屋がいたような印象がある。

うちの隣はO組という建設会社、裏手にはだいぶ後になって印刷所が来たが、前のお宅は薬剤会社のサラリーマン、その左隣は材木屋で、右隣はI建築設計事務所。

周囲には年齢の近い遊び友達がたくさんいた。Iさんの家にはきれいな顔立ちの女の子と男の子のきょうだいがおり、上の女の子は、あるとき、うちへ遊びにきて、階段から転がり落ちた。落ちていくところを、わたしは二階の踊り場から見ていた。突き落としたわけではない。

が、なぜこんなにはっきり覚えているのだろう。そしてなぜ、罪の意識があるのだろう。自分の家で痛い思いをさせてしまったから？　あるいはまさか、わたしが背中を突いた？

階下で祖母が青ざめうろたえていた。泣き声はたたなかった。「階段で落ちてから、ちょっとおかしくなった子供」というのがどんな町にもいるものだが、I家の長女は無事だった。ただ、めったに笑わない美女になった。

わたしはといえば、おあいこのように、彼女の家の裏庭にあった池にある日落ちて、ずぶ濡れになった。浅い池だったのに、なぜそんなことになったのだろう。きっと池のなかをのぞきこんでいたのだ。どんな子供でも、そこに水のたまりがあれば、覗きこまずにはいられない。そして落ちる。なぜなら子供は頭が重いから。それに気づいたとき、わたしはもう、だいぶ大きくなっていた。それまでは、風呂場でも落ちたし、池にもよく落ちた。吸い込まれるように、気が付くと落ちていた。

池には鮒がいた。鮒は昏い水の色をしていた。水そのものだった。水に溶けていた。水なのか鮒なのか、わたしは飽きず、みとれていた。水が好きだったわたしは、将来、水を売る人になりたいとひそかに願っていたが、そんな商売、どこにあるのか。風呂に入ると、よく水売りのまねをした。いらっしゃい、いらっしゃい、水だよ、水だよ。洗面器に、水ならぬ湯をじゃばじゃばと汲み上げ、風呂桶の内側から、洗い場にいる誰彼に売りつける。洗面器一杯が十円ほど。わたしは、いつだって綺麗な水を売りたい。

しかし池の水は昏く、まったく綺麗ではない。ぬめぬめとした鮒が泳いでいて、水にも粘性がある。そんなところに落ちたのであった。わたしの人生最悪の日。全身からぽたぽたと水滴を落としながら、自分の家に歩いて帰る。「落ちた」。祖母があれまあ、と言う。母も驚く。叱らない。みんな面白がる。池の匂い。

そのころ、底なし沼の恐怖を知った。最初はおそらくテレビのドラマで観た。アメリカのドラマではなかったかと思う。

毎年夏になると、父の旧制中学時代の友達、T家の人々と海の家へ泊まりに行く。T家には、わたしと年齢の近い三人息子がいて、そのうちの長男は底なし沼が大好きだった。そこへはまったら、二度と這い上がれないのだと、わたしや妹相手に情熱を込めて静かに語る。はまるのはいつだって他人ばかりで、自分がはまるようなことは絶対ないと決めている。

T氏は姉妹二人の我が家をいつも羨ましがった。女の子のいる家はいいなあ。靴だって、小さくてきれいでかわいらしいのが玄関にあったら、どんなに幸せだろう。繰り返し繰り返し、同じことを言う。そして、わたしと妹のどちらかをヨメにくれと父に言う。息子は三人いるから、好きなのを選んでいいよ。

海の家の朝食に必ず出たのが生卵。かきまぜて醤油を入れ、炊きたてのご飯にかけて食べる。誰でも知っている「たまごかけご飯」。

T家の長男はたまご液に、いつも信じられないくらい大量の醤油を注ぎ入れた。彼の作る原液は卵の黄色をとどめていない。混濁した濃い茶色をしている。大人たちはそれを見ると、欧米人のようにオーマイゴッドという顔になる。そして口々に「体に悪い」、「なぜ、そんなに醤油を入れるのか」、「ほどほどにしなさい」と彼をたしなめる。何を言われても彼は黙っている。自分のやりかたを決して曲げない。

わたしにはわかった。わたしだって、できるものならそうしたい。大人たちがあれほど驚くから、仕方なく適量の醤油で我慢しているだけ。生卵の味ってすごく気持ちが悪いもの。何が嫌かといって、あのしろみの、どろどろどろりんとした不気味な風合い。唯一、醤油の色と塩気が、その気持ち悪さを忘れさせてくれる。今から思えばそれが緩和剤だったのだと思う。有精卵も無精卵も知らない頃で、どんなたまごも、ひよこになると思っていた。形になる前の、ぬめぬめとした混沌を、かきまぜて、ぐちゃぐちゃにして、食っちゃうなんてあり？　と、無意識のどこかが抵抗していたのかもしれない。

T家の長男は、翌朝も当然のように醬油を注ぐ。つーとしたたる醬油の正直さ。皆、呆れる。同じテーブルの少し離れたところから、わたしは箸を止めてその光景を見ていた。ああ、いいなあ。うらやましい。醬油一つのことでも自分を貫く彼が、超然と孤独で清々しく見えた。

T氏はしつこく嫁になどと言うが、わたしたち——少なくともわたしには、結婚などというものが、生卵と同じくらい生臭くて気味が悪いものに思える。だからわたしはT家の長男（に限らないが）と結婚するつもりはない。しかしわたしは彼を理解していた。わたしたちは、生卵に関する限り、一致した感覚を持つ「同志」だった。

子分

幼稚園児だったわたしたちにムソルグスキーの「禿山の一夜」を聴かせた先生は元気だろうか。

苗字のどこかに「松」の字が入っていた。違うような気もするが、仮に黒松先生と呼んでみよう。背が高く痩せていて、少し猫背で、いつも所在なげに立っていた先生。黒ぶちの眼鏡、肩くらいまであった髪の毛、口数は驚くほど少なくて、先生たちのあいだでも少し浮いている……。わたしたちには優しかった。攻撃的なところは少しもないが、内面的すぎるので取っ付きが悪い。

わたしは先生を好きだったか。嫌いではなかったが、好きだったとも言い切れない。好き嫌いの前に理解はしていた。幼児園児であっても、それを言葉にするかしないかだけの違いで、自分の目の前にいる人がどういう人であるかを瞬時に理解することはできる。わたしは先生を、敵ではなく仲間だと感じていた。

「さあ、この曲を聴いて、曲からイメージする線を好きなように描いてごらんなさい」

「禿山の一夜」は出だしから激しい曲で、いきなり嵐が吹き荒れた。わたしは鉛筆を握り、配られた用紙に線をぐるぐる引いた。でたらめに、はちゃめちゃに、紙を傷つけるように。聴覚を通して入ってきたものを、視覚に置き直して出力する——決して楽しい作業ではなかった。妙なことをしたという記憶が残っている。課題は理解したが、受け取ったものをそうしていちいち表現しなければならないというのが、とても苦痛で嫌だった。

「禿山の一夜」のメロディーは忘れてしまったが、このタイトルを忘れたことはない。子供は、「ハゲ」と聞くと、たいていげらげら笑う。しかしその時は誰も笑わなかった。先生が何だか変なことをやらせようとしている、その緊張もあったし、いきなりかけられたその曲自体が「楽しい」というのとは対極にある曲で、みんなあきらかに困惑していた。傍目にはただ、ぼーっとしているようにしか見えなかったと思うけど。

うちでは祖母が民謡を歌っていた。父は昭和の歌謡曲か唱歌。母はクラシックが好きだったがヨメとしての仕事が多忙すぎ、音楽を聴くひまなどまったくなかった。そこへ唐突にムソルグスキー。

どんな曲だったかと、いま探して聴いてみたら、聞き覚えがあるどころか、なんだ、よく知っている。当時の記憶が蘇ってきたわけではなくて、八十年代、ＮＨＫで松本清張の「けものみち」がドラマ化され、劇中音楽として「禿山の一夜」の冒頭部分が使われていた。よくできたドラマで、吸い込まれて観ていた。民子という女の主人公が寝たきりの亭主を殺そうとして、夜中、彼が寝入っている部屋にガソリンをまき、家に火を投げ込んで逃げてくるところや、民子が愛人の小滝と二人で、逃げ切れないとわかっていて逃げようとするところとか、とにかく危機的な場面になると、必ずこの曲が鳴り出す。

おとなしく地味な黒松先生は当時まだ二十代だったと思うが、どこかにこういう音楽に惹かれる性向をもっていて、幼児たちに聴かせるというより自分が聴きたかったのかもしれない。

幼稚園のころ、わたしは加藤さんという女の子にいじめられていた。毎日は暗黒だった。就学前のわたしの人生を彩る楽曲として、「禿山の一夜」ほどぴったり来る曲はない。

加藤さんという女の子はきつい顔をしていて、たくさんの子分を従えていた。なぜあんなに力を持っていたのか今も不思議だが、ものの言い方や態度に迫力があったことは確かだ。だいぶ前、尼崎で角田美代子という女が自ら擬似家族を作り、よその家族を支配して家族同士殺し合いをさせるという事件をおこした。わたしはこの事件が気になって仕方なかったが、事件の気味悪さに、「これは知ってる」という感触があった。根っこをたどっていくと幼稚園時代に突き当たる。どうも角田というおばさんと加藤さんの四角い顔が、わたしのなかで重なるのだ。

　わたしは加藤グループの最下層にいた。トイレにはいつもみんなで行く。わたしの順番は最後であり、出てきたときにはもう誰もいない。置き去りにされた空漠感は今も残っていて、ここにそのまま取り出せそうだ。

　それでもグループを抜けようとか、幼稚園をやめようとか、そういうことは一切思わない。それがわたしの世界の枠組みになっていて、逃げるとか離脱するとか、果ては戦うという解決方法もあるのに、そんなことを思いつきもしないのだ。そもそも、いじめられているということを誰にも話さない。子供というのは、それくらい自分のなかにとじこめられている。

　今でもどうしたらいいのかわからない。わたしのようにいじめられている子がいるとして、外側にはもっと広い世界が広がっていることを、どうやって知らせてやったらいいのか。

　黒松先生は、わたしがそうして苦しんでいるときも、なんら具体的に助けてはくれなかったが、わたしが苦しんでいるのを知っていたような気がする。知っていたが何もしなくて（できなくて）、いつもわたしには優しかった。「禿山の一夜」を本当の意味でわかちあっていたのは、わたしと先生だったかもしれない。

加藤さんとわたしは、その後、近所の同じ小学校へあがった。小学校でも同じ階級がずっと続くのだろうか。そう思って暗澹たる気持ちになったわたしは、それがまったくの杞憂だったことをやがて知ることになる。

小学生になると加藤さんはしぼんだシャボン玉のように急速に権力を失った。その理由は今でもよくわからない。わたしは相変わらず何も表現しない子供だったが、そのことだけでいじめられることはなくなった。わたしは自分の無口や孤独を無意識のうちに磨いていたと思う。武器である拳銃を磨くように。

ある日、加藤さんがネコナデ声で、「コイケさん」とわたしを呼んだ。「なぁに?」振り向いたときのわたしは、もう、かつてのような最下層の子分ではなかった。加藤さんが、しゅるしゅると音をたてて縮小した。逆にわたしは、わっとふくらんだ。

仕返しなんか、考えもしなかった。過去というものがわたしのなかにはなかった。加藤さんは心のなかから閉めだされ、とるにたらないものになった、はずだったが、こうして大切なもののように思い出しているところをみると、わたしのなかには、まだ加藤さんがいるのかもしれない。「禿山の一夜」だって、忘れたといいながらも、あの頃からずっと流れ続けているのかもしれない。わたしも知らない、わたしの底を。

芽吹き

小学校二年のとき、担任の先生が妊娠した。藤本先生といって、わたしにとっては、優しいおばさんのように思えていた先生だ。実際は、二十代の終わりか三十代だっただろう。

赤ちゃんが生まれるので、しばらくみなさんに会えません。先生はいつもの微笑みをたたえながら、わたしたちに告げた。わたしはただ、ああ、そうですか、と思った。おめでとうございますとか、お大事になどというせりふは、子供の口から出てくるわけもない。

その間、別の先生がやってくることになった。藤本先生より年齢は少し上、今度は男で、K先生という。近くのお寺の住職さんで、おそらく教員資格も持っていらしたのだろう。

K先生のお寺は学校のすぐ近くにあった。けっこうな広さのある、りっぱなお寺だった。お坊様だから頭は剃っていらっしゃる。身体つきもがっしりしていて仁王様のようだ。

わたしの父は、ひょろりとした痩せ型だし、K先生のようなタイプはまわりにいなかった。

最初はなんとなく怖いと思った。だがお坊さまであるということが、それを少し和らげていてくれたかもしれない。

深川にはたくさんのお寺がある。お寺だらけだといってもいい。小さなお寺もあれば、広い境内を持つ大きなお寺も。広いお寺は、夏には盆踊りの会場になったりする。

お坊様は、わたしが子供だった頃、日常の様々なシーンに、ごく身近な人として存在していた。通っていた幼稚園からして仏教系で、園児たちは、のんのん、ののさま、ほとけさま、と手をあわせ歌いながら、毎日仏様を拝んでいた。あの歌は今も歌える。

夏、お盆の頃になると、家に毎年、お坊様がお経をあげにきた。家にいた死者は五十代で死んだ祖父だった。お坊様は、向島百花園近くの蓮花寺さんから、自転車に乗って深川までやってくる。

その日は提灯を出し、仏壇を整え、ふかふかの座布団を用意して、お坊様を待つ。クーラーなどはないから扇風機を、ちょうど、お坊様の背中にあたるように準備して、少しでも涼しいようにと母や祖母が気を配る。

お経は案外長いのである。子供は座ってなどいられない。でも終わりそうなときはわかる。

だんだんとテンポがゆっくりになって、いかにも終わりだという感じで声が終息する。

お経をあげてくれたその人は、終わるとクルッと私たちの方を向き、その顔は案外若かった。そしてある年は頼りなげに見えたりもした。クルッと向くときが面白かった。ああ、そんなお顔だったと、しみじみ、子供であっても見つめてしまう。お坊様はちょっと困ったふうな顔で、お経の声とはだいぶ違う声で話す。日常の次元にようやく戻ってきましたよというように、お面をはずしてごく普通の人になる。

母と祖母はそれを確認すると、何やら、もごもご、ごそごそして、半紙に包んだお経代を渡す。その頃、氷を入れたカルピスあるいはソーダ水を、お盆に乗せて持っていくのはわたしの役目である。

お坊様もほっとなさるのだろう。カルピスあるいはソーダ水を飲みながら、優しげな調子で何かを話される。その内容はもちろん覚えていないけれども、誰々がどうしたなどという下世話な世間話などはなさらない。何か深遠な、死者にまつわるような話。あるいはどうでもよいような天候の話。わたしはじっと、若いお坊様を見つめる。みんながその人を大事にしているのがわかる。わたしは彼を、こころのきれいな人のように感じる。彼が帰ってしまうと、母と祖母は、お坊様について、ひとしきり、うわさ話をする。

K先生は、そういう優しげなお坊様とも違っていた。なにしろ仁王様なので、子供たちを叱ることもある。教え方は基本をざっくりという感じで、物のつかみ方が大きく、あまり教科書は開かない。先生独自の教え方だ。それまでの藤本先生とは、性別だけでなく、何もかもが違うのである。

わたしはこの先生と出会ったと思う。

それまでと同様、内気には変わりはなかったが、内側から何かが芽吹いた感触があった。何もしゃべれず、発信できなかったのに、積極的に手をあげるようになった。答えがわからないときでも手をあげてしまうようになった。さされると、わかりません、と言う。なんで手をあげたの？　と尋ねられる。答えない。それでもこりずに手をあげ続けるわたしを、先生は叱るのではなく面白がってくださった。

わたしはこの先生に対するとき、自分というものを明確に出せた。自分自身でいることができた。そういうことは、それまでなかったように思う。わたしはあのとき初めて、自分自身に触ったのかもしれない。それは岩のような「自由」というものの手応えだった。

あるとき、先生が宿題を出された。

「五十音の、「あ」から「ん」まで、あたまにその音をもってきて、短い文を作っていらっしゃい」

翌朝、提出することになっていた。その宿題のことをよく覚えているのは、それがわたしの感じた最初の「つまずき」だったからかもしれない。

わたしは決して反抗的な子供ではなかったし、根気はどちらかというとある方だったと思うが、この宿題に関しては最初から「無理だ」と思った。わたしには、それぞれの音から始まる五十の文をつくることは、一週間とか一か月の仕事であって、一日の仕事とは到底思えなかった。無謀な、無限大の世界に挑戦する宿題と思われた。そしてその思いそのままの、半分にも満たない宿題を提出した。

そこからの記憶は飛んで、わたしは教室で、一人、立たされている。

先生が、なぜ全部、やってこなかったのですか？　と静かに問うていた。

先生は尋ねるだけで叱るわけではなかった。わたしは何も答えられなかった。

この宿題を、わたし以外の全員がやってきていた。すごく、驚いた。なぜ、みんなはできたのだろう。そしてなぜ、わたしはできなかったのだろう。自分を情けなく思ったものの、それでもなお、五十もの文を作ることは、やっぱりできないという気持ちにかわりなかった。義務に近い宿題をできないと考え、そのとおりに実行する、そしてそのことを少しも後悔しない。

最初で最後といっていい経験だった。

それからまもなくして、藤本先生が復帰されることになった。K先生は、最後の授業を終えられたあと、みなさん、お寺に遊びにいらっしゃいといって、わたしたちを招いてくれた。日曜日だったと思う。

みんな、わーわー、お寺のなかを走り回った。

「でもこのことは、藤本先生には言ってはなりませんよ。先生がいないあいだのことですから、藤本先生が聴いたら、寂しく思われるでしょう」

K先生は、そんな大人びたことを子供たちに告げて、共通の秘密を持たせる人だった。わたしたちは、言われたとおり決してこのことを話さなかった。そしてK先生のことも。藤本先生が戻ってくると、誰もが、最初から藤本先生しかいなかったように、また元の毎日を始めたのだった。

カッパ泣く

佐藤さんはカッパと呼ばれていた。ガイコツと呼ばれていたわたしとどちらがかわいそうであるかはよくわからない。

佐藤さんの雰囲気は確かにカッパ的だった。そもそも髪型がおかっぱで、頭頂もまるでお皿をかぶせたようなのだ。今ふと気づいたが、「おかっぱ」という言葉自体、カッパに「御」がついたものにすぎない。今では「ボブ」などと呼ばれているそれも、もとをたどればカッパである。

わたしたちは、席替えで隣同士になってからよく話すようになった。佐藤さんは勉強がまるでできない。でもそれをあまり苦にしてはいなかった。笑う口元がカッパに似ていたが、愛嬌のある顔立ちだった。

数人の男子からは、よくいじめられていた。彼らは佐藤さんを「カッパ、カッパ」とからかうだけではあきたらず、「変な匂いがする」などと言っては邪険にし、髪の毛をひっぱったりした。その髪はいつも油を塗ったようにべったりとしていた。着ているものは質素だった。破れていたり、ボタンが取れかかっているようなこともあった。

佐藤さんはいじめられると泣いた。じめじめと陰気に泣いた。わたしは何もせず、泣いている佐藤さんをただじっと見ていた。

「ねえ、きょうの放課後、お好み焼き屋さんに行こうよ」

ある日、佐藤さんから誘われた。いったん家に帰り、ランドセルを置いてから出直すことにした。他にも行きたいという子供がいて、総勢、女子だけ四、五人になった。そのうちの三人は、平野町三人組と呼ばれていたわたしを含む女子で、みんな平野町に住んでおり、家業が材木屋であることも同じだった。

下町を知らない人は誤解するが、深川と言われた地域であっても、わたしは今に至るまで駄菓子屋を見たことがないし、子供時代に行ったこともない。話はそれるが、もんじゃ焼きというのも食べたことがない。駄菓子屋も、もんじゃ焼きも、いかにも下町っぽいアイテムだが、わたしの育った地区は材木屋を中心とする商業地区で、ある意味では殺伐とした味気ない町だ。まわりを取り囲むのは寺院と川ばかり。何も面白そうなものはないのである。

ところが少し足を伸ばすと門前仲町があって華やかな飲食店街が広がっている。佐藤さんの言うお好み焼き屋は、その門仲（モンナカ）からさらに足をのばした路地裏にあった。夏だったから、店にはすだれがかかっていた。茶色に変色したすだれだった。中へ入ると薄暗い。

佐藤さんは、店では「常連」のようにふるまった。もう幾度となく通っているのかもしれなかった。大人の姿は見当たらない。けれど店のおばさんはとがめるわけでもない。通ってくる子供たちを扱い慣れていて、しかも子供も客には違いないと、わたしたちを決してぞんざいには扱わず、それなりに尊重してくれたという感触が残っている。

樋口一葉の「たけくらべ」には筆屋に集う子供たちの場面がある。あのときのわたしたちも男の子がいないだけで、あんな感じだったかもしれない。筆屋のおばさんも、相手が子供でも、まるで上得意のように扱い、「先生」のように指導したり、「親」のように監視したりはしない。子供の世界に通じていて、時には誰彼をからかいながらも、店を開放してくれていた。お好み焼き屋のおばさんとよく似ている。

おばさん自身はごくごく地味で口紅などもつけていない。女を降りた感じである。どんなお顔立ちだったか。ただ覚えているのは、薄暗い店のなかからすうっと現れたこと、材料を運んだあとは、またすうっと店の奥へ消えてしまったこと。

ビニールシートの椅子に座りながら、しかしわたしはすっかり気おくれしていた。やり方を知らないと言えばいいのに、そのひとことが言えず、鉄板を前に緊張していた。もの慣れた佐藤さんがまぶしくて頼もしかった。

注文するとカップに入った「素」が来た。それを自分で焼いて食べる。家では親になんでもやってもらっていた。わたしだけでなく、佐藤さん以外はきっとみんなそうだった。まだ八つになったばかりの頃だ。

学校ではいつも悲しそうな佐藤さんがそこでは実に嬉々としており、こうするのよ、次はこうするのと、ぼんやりしているわたしたちに手とり足とり教えてくれた。

味は覚えていない。味わう余裕などなかった。ただもう、自分でどろどろしたものをのばし、焼いて食べるということにひどく興奮していた。

わたしは家へ帰ってから母に報告した。「すごいのよ！　自分で焼くの！　水はタダなのよ！　いくらでも飲めるの！」

水はどこでもタダよという言葉を母は飲み込んだ。

しかし翌日は思いがけない叱責が待っていた。わたしたちがお好み焼き屋さんに行ったことを担任はなぜかすでに知っていた。

誰かが昨日のうちに言いつけたらしい。

「今から言うひとは立ちなさい」

そう言って立たされた子供はすべて、昨日お好み焼き屋さんに集ったメンバーだった。

「なぜ、立たされたかわかるでしょう」

実は今もよくわからないのだ。お好み焼き屋に行くのは、そんなに悪いことだったのだろうか。子供だけで、というのは確かにまずい。だがわざわざ立たされるほどのことでもないような気がする。それとも悪いのはあの「店」だったのだろうか。行った子の親のなかに不衛生を言う者がいたらしいが、真相はよくわからない。

もっとも、先生は平野町三人組に優しかった。初犯ということで扱いが軽かった。しかし佐藤さんに対しては違っていた。

「あなたでしょう、誘ったのは」

佐藤さんは、みんなの前で悪の道へ誘いこんだ犯人のように言われて泣いた。

わたしは楽しんだくせに、担任に抗議する覇気もなかった。あたかも反省しているような表情で頭をたれた。

佐藤さんは、その後二度とわたしたちをお好み焼き屋さんに誘ってくれることはなかった。わたしたちも、佐藤さんが一緒でなければ再びそのお好み焼き屋さんに足を踏み入れることは出来ないと思っていた。そしてそれはたぶん正しかった。以来、佐藤さんは、わたしの記憶のなかから消えてしまった。

けれど忘れたわけではない。後年、「馬足街」（『黒蜜』所収）という短編で、わたしはこっそり、あのお好み焼き屋さんのことを書いた。書こうとして書いたわけではない。書いているうちに、あの店が心の奥から浮上した。

「峰」という古風な名前の少女はきっとわたしだ。光次郎という友に誘われ、橋の向こうにあるお好み焼き屋へ行くのである。二人は赤い橋のたもとで待ち合わせ、光次郎行きつけの夢のようなお好み焼き屋で好きなだけお好み焼きを食べる。子供が焼いて子供が食べる、子供しかいない子供たちの王国。満腹になると二人はまた橋まで戻り、そこで別れる。光次郎は橋のこちら側に残り、峰は橋の向こう側へ。

光次郎は佐藤さんだったのだろうか。佐藤さんは女の子だけれども。

書き損じた反故紙をくしゃくしゃとまるめるように、佐藤さんはよく泣いた。心が潰れるような泣き方だった。爪のあいだが黒く汚れていた。机が隣だったとき、佐藤さんは快活によくしゃべった。机が離れてしまうとわたしたちは疎遠になった。そのころ、わたしはまだ固く信じていた。どこかの水辺には青緑色のカッパがきっと棲息していると。

屋上

林さんはうつむいていた。何も言葉を発しなかった。

わたしたち三人は、屋上の花壇のへりに座っていた。コンクリートブロックを並べただけのへりは、座ると固くてお尻が痛かった。

女の子とわたしが林さんを両脇からはさむ。遠くから見たら、泣いている女の子をなぐさめている友人同士に見えたかもしれない。

女の子が林さんに言う。

「なんであなたっていつもそうなの。めそめそしてばっかり。何か言ったらどうなの」

小さな、しかし脅すような声だった。声の調子は覚えているのに、声の主が誰だったかを思い出せない。記憶のなかで、その子の顔だけ色がはげたように真っ白である。

林さんの姿は鮮明に残っている。髪の毛がもしゃもしゃと縮れていて、眉毛の下がった情けなさそうな顔をしている。おどおどした小さな目。存在感の淡さからか、彼女を「もやし」とアダ名する男子もいた。

女の子が「待ってて」と言う。

しばらくしてから、水の入ったバケツを持ってきた。そしてそのバケツを林さんの膝の上に傾ける。林さんのスカートが濡れた。女の子は何も言わない。そうしてただ水を垂らし続ける。水はスカートにしみとおり、足を濡らした。ふくらはぎを伝って運動靴に達し、コンクリートの地面に黒いしみを広げた。

まわりには子供たちがたくさんいたが、誰もわたしたちには気づかないようだった。わたしたちはとても静かだった。

わたしは何も言わなかった。ただ見ていた。「ねえ」と女の子がわたしの方を向く。

「ねえ、林さんって嫌だよね」

わたしは即座に「嫌」と言えない。けれど「嫌じゃない」と言うこともできない。ただ視線を落とし、林さんの濡れている靴を見ている。

「ねえ、林さんって変だよね、嫌だよね」

女の子は何度も同調を求める。

わたしは同調しただろうか。したかもしれない。一度か二度、あるいは三度か四度。いや五度か六度。もっと。

水をかけられた林さんはぴくっとして、最初驚いたようだった。やがてあきらめ、声もあげずに、ジメジメと陰気に泣き始めた。周りの空気が重く湿った。そんな泣き方を見ていると女の子の残酷なきもちが容易に乗り移ってきて、わたしも水をたらしてやりたくなるのだった。どれくらい時間がたっただろう。とてつもなく長い放課後の時間。太陽はなかなか沈まなかった。こんなことを書いていると、あれからずっと屋上にいるような気持ちになる。

やがて女の子の「お許し」が出て、林さんは解放された。そしてわたしも。

わたしたちは、どのように屋上の階段をくだったのだったか。ばらばらに？　それとも三人一緒に？

屋上では、いつも小さな事件が起こっていた。先生もここまではめったにあがって来ない。半分学校に所属していて半分は外部に接触している「屋上」。そこから見たおもちゃのような町の風景を今でも思い出すことができる。外には自由が広がっていて学校とはまるで違う時間が流れていた。しかし自分は閉じ込められていて、自由に出歩くことは禁じられていた。金網の柵は監獄そのものだ。いつかはここから解放されるとわかっていたが、それは測れないほどはるか先のことに思われた。

「いじめ」や男女の「告白」、あるいはドッジボール。屋上では様々なことが行われていて、わたしはときどきボール遊びに参加した。軌道をそれたボールが柵を越え、下の校庭にまで落下していくこともあった。

わたしは柵にしがみつき、指先に冷たい金網を食い込ませながら、落ちていくボールをじっと見ていた。吸い込まれるような快感があった。

ボールを落とした子は階段をダッシュで下り、校庭にボールを取りにいかなければならない。わたしも幾度か、そうして取りに行った。

ところがボールを携えて屋上に戻ってくると、一緒に遊んでいた子が誰もいない。いや誰かいたはずだが、ゲームは終わり、解散してしまっている。だから屋上へ戻っていくとき、いつもどきどきする。

帰っていく世界がまったく違うものになっているのではないか。わたしはそのとき落下したボールのように、所属をはずされ孤独な者になっている。怖いけれども、どうすることもできない。

待っていて。わたしが戻るまでここで待っていて。必ずよ。

そう言ってもいいのに、思いは胸にこだまするばかり。相手には決して言葉が届かない。

大人になったある日、五、六人のメンバーで食事をする店に入った。みんながだいたい、食べ終わったかと思うころに、わたし一人が立ってトイレに行った。

ところが席に戻ってきたら誰もいない。

そんなに長いトイレではなかった。戸惑っていると、店の人が「もう会計は済んで、みなさんお帰りになりました」と言う。

わたしはあわてて店の外へ飛び出した。けれどそこにも誰もいない。ふと見ると、だいぶ先に見覚えのある集団がぞろぞろ固まって歩いている。走っていって追いついた。

みんなが黙ってわたしを見る。今頃来た、という顔をしている。先に行かなくてもいいじゃない。そう思ったが口に出せない。

戻ってくると世界が変わっているという恐怖。それが子供のころから、ずっと続いていた。

いじけていて、全体がどす黒く、勉強もできなかった林さん。林さんがじわじわと泣くリズムが、ときどき背後からおおいかぶさってくる。

林さんは何も言わない。先生に言いつけもしないし、誰かにいじめられたと訴えるようなこともない。ただ泣くだけ。そしてひたすら堪えるだけ。

ある日、踏切で林さんとすれ違う。また別の日には、人でごったがえす新宿西口地下道で。いずれの瞬間も互いに気づかない。わたしたちはもう少女ではないのだから。

しかし、あれは林さんだったのではないかと、わたしのほうが遅れて気づく。振り返るが、どこにもいない。

あのとき、なぜ、あんなことをしたの。

林さんは、そんなことを声高に言うわけでもない。ただ何かの気配のように、とても静かにわたしのそばを過ぎる。

遠い喧噪

わたしの暮らすアパートでは何年かぶりの大がかりな修復工事が行われている。四階まで組まれた足場には白いシートがかけられて、外の景色が見えなくなった。時折、工事の人がベランダのなかへ入ってきて、古くなった外壁や窓枠の修復工事をする。お互い気まずいので、工事中は昼間でもカーテンを引いておくようにと言われている。窓際にある机で仕事をしていると、ごく至近距離でかりかりとねずみが壁をかじるような音がする。なんだかくすぐったい。いじられているのはアパートの外壁だが、内にいるわたし自身がいじられているように感じる。なのに肉体には何の感触もない。当たり前のことだが変な感じだ。

歯の神経を抜いた時のことが不意によみがえる。あのとき先生は、「歯の奥を触りますよ、痛かったら左手をあげてください」と言った。かりかりという金属音が聴こえてきたが、すでに神経は抜いているので、痛みはもとより、触られている感触がまるでなかった。わたしは自己が消滅したように思って、その不思議さをつくづくかみしめた。自己の証である痛みがほしい、とまでは言わない。せめて触られてる感じはほしい。わたしは消えてしまった自己をいとおしみながら、仰向けになって、哀しい肉体を天にさらしていた。

音がする。音が聞こえる。音はわたしの肉体に直接、接触するわけではない。それでもわたしのごく深いところに侵入し、記憶となって痕跡を残す。


幼年から聞こえてくる音がある。

わたしは喧噪の町で生きていた。父の店が自宅住居から走れば一、二分ほどの距離にあり、事務所に隣接して木材を製材する作業場があった。作業場には大きな製材機が据え付けられていて、父と叔父が注文に応じて丸太をひき、板材や角材に製材していた。作業には木材の両端を持つ二人の人間が必要だった。たいていは父と叔父が向き合う形で作業していた。電動の丸鋸が激しく回転しながら、台の上に載せられた木を切断していく。歯が木材に当たるとき、ひときわ高く、キーンという尖った音があがる。

問題がひとつあった。店にまだ従業員が一人もいなかったころ、父と叔父とがその作業に入ってしまうと、店にかかってきた電話を取る人がいなくなる。父は電話局と相談したのだろう。

ある時から、店にかかってきた電話は自宅でも取れるようになった。今でいう親子電話のようなものだ。自宅で店の電話を受けると家族の誰かが店まで走っていき、電話がかかっていることを父か叔父に知らせる。知らせるといっても、轟音のなか、「電話ですよ」と叫んでも聞こえない。そこで、離れた位置から合図を送る約束になっていた。自分の片耳を、人差し指でさし、その指をくるくる回すのである。

それを確認した父か叔父が、タイミングを計って作業を一時中断し、どちらか一方が電話に出る。小学校の低学年のころまでは、わたしもしばしば取次ぎ役となって店まで走らされた。「車に気を付けて行きなさい、道路に出ないように」。一、二分の距離でも、母は言った。少しでも早く電話を繋ごうと思うから気があせる。すると危険は増す。母が注意する気持ちもわかる。だが毎回、繰り返し言われるので、わたしはいつからか、家々の塀や壁に忍者のように身をはりつけながら走るようになった。それを見た母は笑った。道を渡って製材所の前へ着き、父の顔を確認すると、必死に例の「くるくる」をする。自分が何か不思議なことをしているという自覚があった。

テレビを観ていても本を読んでいても、店に電話がかかれば走らされた。それは少しも嫌なことではなかった。楽しくてならないということでもなかったが、大事な仕事という自覚はあった。それでいてその仕草自体は、どこか遊びのようでもあった。

言葉でなく仕草が運ぶ「意味」には、もどかしさや曖昧さがありそうなのに、「くるくる」には、電話が来たという以外に意味がない。その限定的な正確さこそが、わかる者だけにはわかる「暗号」というものなのだ。それをわたしは父や叔父と共有していた。人と話すのが不得意で、沈黙していいならいつまでも黙っていられるというわたしのような子供には、言葉を使わない肉体言語の存在がどれくらい楽だったか知れない。

けれど、ある日——それがどんなある日だったのか、もう思い出すことができないのだが——わたしはこの作業に、かすかな疎ましさを覚えた。飽いたと同時に恥ずかしくなったのではなかったか。走って店へ行き、くるくると耳のところで指をまわす——いつまでもこれをやるのだろうか。わたしはわたしのする「くるくる」を、誰か他の人に見られたくはなかった。

そのとき、メガネをかけ、轟音のなかで木材をひく父が、少し小さく遠くなった。英語の先生になろうとしたが、祖父が急死したために仕方なく大学を中退し、材木屋になった父。死んだ祖父も生前はこの長男を、商売人には向かないと判断していたらしい。思い出す父の顔は、いつでもどこでも、材木屋というより、何か少しだけ別の者だ。それでも七十すぎまで材木屋の経営者として生き、木材業界が長い不況に陥るなか、店を倒産させることもなく、かろうじて廃業という形で店をたたんだ。その内情を、娘であるわたしは何も知らないが、苦労は相当なものであったろうし、そんな父を、周囲の人々が助けてくださったのだと思う。

あるとき父が、困り顔で言った。

「休日まで機械を回してるって、苦情があってなあ」

昭和三十年代、四十年代までは、そうして日曜日にも製材しなければならないほど、国内材の需要があった。製材所の両隣も前のお宅も材木屋とは無関係の民家だ。それでも普段は、苦情など聞こえてこなかった。我慢していたのだろう。ついに出た苦情は当然のこととも言えた。だから材木屋ばかりを一箇所にまとめてしまおうという、埋立地への移転事業が決まったとき、父は、騒音問題が一気に片付くと、心底ほっとした顔をしていた。金銭面では相当に苦労したようだったが。

夏になると、同居していた祖母に、よく昼寝をさせられた。昼寝をしたいのは、おそらく本人で、わたしや妹は起きているとうるさいからという、その理由だけで一緒に眠らされる。少しも眠くないわたしは苦痛だった。仕方なく目をつぶると、はるか遠くのほうから、町の喧噪が聞こえてきた。そこには、キーンと耳をつんざく、うちの店のあの音も混ざっていただろう。

だが距離を隔てて聴こえてくる音は、どれも融け合って現実の鋭い角を失っている。ぽーっという汽笛のような音、しゅっしゅっしゅっしゅっという煙がたつような音、がしゃんがしゃんというのは、隣の建設会社の事務所のたてる音だったか。そして、ぽわーんというどこか間抜けな音は、たぶん車のクラクションだ。現在、東京都現代美術館が面する三ツ目通りには当時も激しい車の行き来があって、そこから一本裏に入ったところにあるわが家には、車のたてる騒音が一段弱まって届いていた。

家のなかから聞こえてくる音もある。食器のぶつかる音、誰かが階段をあがってくる音、引き戸をひく音、階下の話し声……。雑多な音のなかでわたしは眠った。眠らされた。

祖母好みの熱い湯に入らされたときに、肩まで！　と厳命され、あごすれすれに深く湯のなかに沈まされ、十や二十、はるかな数を数え上げるまでは決してあがることができなかったように、ここでも祖母の、今から考えてみれば何の根拠もない「眠れ」という命令がなぜか絶対のものなのだった。

やがて祖母が寝息をたて始め、妹までもが素直につられ、すやすやと眠りに落ちてしまうと、わたしは一人取り残される。敵は陥落した。さあ起き上がって、どこへでも好きなところへ自分の足で行けばいい。そう思うが、わたしは立ち上がらない。立ち上がる力を持たない。目をつむったまま寝たふりをして、耳に届く様々な音を聴いている。音はやがて音源を離れ、「ざわめき」となって薄く広がり、わたしを包んでどこかへ運んでいく。

今も、寝起きなどに蒲団のなかで目を閉じたまま、うつらうつらしていると、「ここはどこだったかしら」と思うことがある。そんなとき、もう違う町に住んでいるのに、こどものころ聞いた町の喧噪が戻ってくる。わたしは八歳か九歳である。電話が来たら店に走らなければならない。そう思いながら一方で、眠れ眠れと、祖母に強力な呪文をかけられている。

路上

祖父は無口な人だった。実家の仏壇の上には、遺影が一枚掲げられている。やせてシワだらけの小さな顔、しかし意志が強そうだ。片方の目が白濁している。生まれたときから視力がなかったそうだ。おそらくそのせいで、そして末っ子ということもあって、家族からは軽んじられた。

実家は浅草にあったわりあい大きなお米屋さんだったと聞く。慶応の幼稚舎に通っていたが、途中でやめさせられたというから、家業のほうが、たちゆかなくなったのだろう。

当時、浅草の家では鶏をたくさん飼っていて、それが畳の上にまであがってくるのが普通だった。あるとき遊びに来た幼稚舎の学友が、「きたねえ家だなあ」と驚いて言ったという。その話は、祖父から父へ、父から娘たちへと伝えられたが、父の話のなかでも、とりわけ高いリピート率を誇る。ああ、百回以上は聞かされたような気がする。

「きたねえ」というその言葉、聞くたびに肌につきささり、わたしはいたたまれない気持ちになるのだが、父は違う。いつだって嬉々として繰り返す。不思議である。

一族のなかで粗末に扱われ、家を早々に出なければならなかった祖父は、自力で材木屋を始めたのだったが、最初は「路上」で商売を始めたと聞く。自分からは言わない。息子である父も知らない。よその人が教えてくれる。

「小池さんときたら、最初は路上でやってたのに、店まで持って人を雇うなんて、たいした出世だよ」

そうだ、「路上」から始めればいい、うまくいかなければ「路上」に戻ったって。そう書くのはきれいごとである。路上から始めるとき、どれほど勇気がいったろうか。まわりから、土地もないくせにと嫌味や悪口を言われなかっただろうか。

数年前、インドのコルカタへ行ったとき、貧しい地区の子供たちを集めて開かれる「路上学校」があると知った。一枚の大きな布を広げると、そこがたちまち学校となる。子供たちがばらばらと集まってきて、広げたノートの上に自分の名前を書く。そこへ鳥が、上空からふんを落とす。誰でも参加できる。雨が降れば休校。いいな、自由で、と思ったけれど、椅子と机と屋根があったら、もっといい。布一枚の下にあった地面の硬さを、わたしは今も思い出す。手を繋いだ女の子の、はりがねのように細い指も。

祖父は店を持ったあと、商売がうまく回った時期も、回らなかった時期もあったようだ。なにをやってもうまくいかないとき、テキヤもやった。これについても、教えてくれるのはよその人。

「小池さんが、屋台の向こう側に座っていてね」

何を売っていたのだろう。お好み焼きなど、作って提供するようなものは、とても技術がおいつかないだろうから、できあがったものを売るだけの、地味な商売をやっていたに違いない。また、別の日、この祖父は、パチンコに行って、たくさんの紙袋を抱えて帰ってくる。中身は甘いもの、お菓子の類。ピースを缶で吸っていた祖父は、一方で甘党だった。息子である父も、自然そうなった。家族みんなが甘いものを求めていた。白い砂糖は（厳密に言えばその取り過ぎは）、健康を損なうものとして、今、相当に悪者になっているが、昭和のはじめには幸福の証だった。父の枕元には、朝起きると「おめざ」といって甘いお菓子があったという。のんきな長男である。祖父は父を可愛がった。いや相当に甘やかして育てた。

そういう家に母は嫁いだ。しっかり者の母は、わたしにことあるごとに言った。「お金はないものと思え」。

祖父はこの嫁に心を許し、そしてこの嫁は、祖父から見込まれた。妻（わたしから見れば祖母）は、陽気で意地悪なところのない人だが、商人の妻としては、どこか足りなかったのだと思う。

「この家にお金はありません」

「でも、お金がなくとも工夫すれば、楽しく生活できるはずです」

「お金をかけなくてもいいから、季節の行事はきっちりやってください」

祖父の言葉を母は守った。

季節の行事は、几帳面に執り行われ、時には叔父叔母が集まったりもした。わたしたちはまだ小さく、母はひとりでさぞかし大変だっただろう。

ひな祭り、友だちの家には何段もある豪華な雛飾りがあったけれど、うちは、親王飾りだけ。それでも桃色の「でんぶ」をかけた、鮮やかなちらし寿司がある。

クリスマスに母の作る焼きりんごのデザートは、いつも大人たちに大人気だ。丸ごとのりんごの芯を抜き、そこにバターと砂糖を詰め、オーブンで長時間焼く。もっともオーブンとは誰も言わない。それは「てんぴ」（天火）と呼ばれていた。できあがると、皮はしわしわに焦げ、果肉はぶよぶよ。あの美しいりんごが、たいそう不気味なものに変化する。

叔母たちは、「お義姉さん、たいへんだったでしょう、おいしい、おいしい」と騒ぎたてる。だが子供だったわたしには、その価値がまるでわからない。子供というのは、焼きナス、焼きりんごの美味をまったく解さない生き物である。

そして夏には下町恒例の夏祭りがあった。金魚売り、盆踊り、お神輿に山車。夜は夜で、近所の材木屋さんの番頭さん司会によるのど自慢大会にスイカ割り。御神酒所に行くと、子供でありさえすれば、袋に入ったお菓子がもらえる。

しかしそういうどの思い出のなかにも、祖父はいない。わたしが二歳の頃、五十代で死んだ。家族の誰よりも早く、まなざしだけの人となって、今もわたしを、あの白濁した目で見つめている。

光の窓

生家の雨戸には、横並びに五つか六つ、細長い小窓がついていた。窓全体を覆う戸板があって、それをずらすことで開閉できる。雨戸を閉めても、外の様子をのぞくことができるし、換気の役目も果たしていただろう。こういう窓を「無双窓」と呼ぶというのは、あとになって知ったことだ。

無双窓は子供部屋にもあった。わたしと妹は、その六畳ほどの狭い和室で寝起きし、宿題もやるというふうだった。以前は嫁ぐ前の叔母姉妹の部屋だった。

戸板の微妙なずれ方によって、朝、そこから、まぶしい光の侵入がある。暗闇のなかに差し込む光の模様は、一日として同じことはなかった。

光のトンネルのなかに浮かび上がる、きらきらと舞う無数のほこり。それが面白くていつまでも見ている。そんな子供はどんな時代にもいるはずだ。

わたしは、あのとき何を見ていたのか。舞うほこりに見とれていたのか。いや、光によって照らしだされたものよりも、通過する光そのもの、光の「働き」のほうに魅せられたのではなかったか。

見るとは実に不思議なことだ。視覚を通して何かを「見る」とき、わたしたちはいったい何を見ているのだろう。木だ、空だ、花だと、一つ一つ認識しながら見る場合はいい。そうではなく、眼を開けて何かを見ていても、頭は別の事を考えているということがある。たとえば壁のしみに、しみから想起された全く別の、過去のあるできごとを見ているということがある。

視覚の力は圧倒的だが、他の感覚にひきずられるとき、目を開けていながら、視界がからっぽになり、見えている眼前の風景を見ていないということにもなるのは面白い経験だ。

それでも、目が見える場合には、どうしたって見えてしまうし、見てしまうのだから、その経験は長くは続かない。それが大人の肉体である。今、わたしは見ている、見ているわたしがいる、というふうに自意識も動き出してしまう。

子供のころはそうではなかった。視覚も聴覚も嗅覚も触覚も、五感がもっと渾然ととけあっていて、もっと放心してものを見ていた。我を忘れて、一個の感覚の器として、世界のなかに一人在った。幼年の「からだ」は泥のようになまめかしい。

その頃のわたしに、「絵」との出会いもあった。

本棚もない家の片隅に、むぞうさに積まれていた全集があった。いずれも函入りの日本文学全集、世界文学全集、そして世界の絵画全集。

かつて父のような普通の人々が、全集というものを買った時代があった。商売が忙しくなって、父も母も叔父も叔母も、誰一人として開いた形跡はない。本に巻かれた薄いパラフィン紙が、そのことを明らかに物語っていた。一度本体を函から引き出してしまうと、パラフィン紙を元の状態にして函に戻すのは至難の技だ。たいてい、その薄紙がぐちゃぐちゃになってしまう。怒られるのではないかと恐れたけれど、大人たちはまったく気づかなかった。

小学生だったわたしが、最初に手に取ったのは「名画全集」だ。とはいえ、今とはだいぶ違う。一般の本のようには頁が続いておらず、二つ折りにされた分厚い紙が積み重なっている。そのあいだに、薄いパラフィン紙にはさまれた複製の名画が一枚ずつ入っていた。

わたしはパラフィン紙をそっとはぎとりながら、下から現れる絵を次々と見ていく。ほとんどの絵はつまらない。印刷状態が悪く、色味もぼんやりしていて、ただ古い絵としか思えない。

それでも繰り返し見ているうちに、好きだと思う絵が、ちょうど三角形の頂点のように定まり始めた。気が付くと、やっぱりこれがいいと、そこに戻っていく作品がある。それがフェルメールだった。

けれど当時、フェルメールという名前は頭に入らなかった。絵のタイトルも記憶に残っていない。わたしにはただ、黒と白の、市松模様の床がよかった。ホコリの溜まったような分厚いカーテンがよかった。床にさしこむ光がよかった。遠い国の遠い人々の、ひどく倦怠した表情がよかった。

絵は窓だ。窓からこちらに射してくる光がある。絵の向こう側には、伸びていく奇妙な時間があり、わたしは視線だけでそれに触わる。そこに描かれた遠い人々に、わたしはその遠さゆえに興味をかきたてられた。彼らもわたしのように、絵のなかで退屈していた。間延びした飴のような時間を彼らは生きていた。それはわたしの生きていた時間でもあった。

大人になったある日、わたしはその絵に再会した。そして少し驚き、少しがっかりした。わたしが見た絵は、フェルメールという画家が描いたもので、たいへん有名で、とても人気があるらしい。静謐な名画として賞賛を集めていた。

静謐という印象も受けなかったし、そんな言葉も知らなかった。わたしはフェルメールの絵に、もっと野蛮な生なものを感じていたので、少し裏切られたような気がした。わたしの見たものと、今見ているものは、本当に同じものなのだろうか。

かつてわたしの前には、ただ数枚の絵があった。わたしの目はその絵を、確かに「所有」していた。それだけで満足して、絵のことを誰かに話そうなどと考えたこともなかった。絵を見たことは、見たという個人の経験のなかで、ただただ豊満にふくらんでいるだけだった。

しかし絵にはタイトルがあり、描いた画家がおり、その人には名前もあった。値段までが付いていた。その絵のことを誰かに話すときには、その人の名前を出さなければならない。それが大人の世界なのだった。

画家の名前を覚えようとしたとたん、それは誰かと分け合う情報となった。わたしは、固有名詞の流通する世界に抵抗しつつも従った。少しだけ努力して、かつて見た画家の名前を頭に入れた。

おまえ、堕落したな。

大人になったわたしに、わたしはつぶやく。

光に満ち溢れていた世界に、そうして少しずつ、言葉が侵入してきた。

他人の重さ

近所に暮らしていたYちゃんは、こねずみのように小さくて、実によくしゃべる女の子だ。彼女より体の大きかったわたしは、でくのぼうのように無口だったから、すでにその点で彼女に負けていた。言うべき言葉は知っていたし、言いたいこともいろいろあった。しかしそのことを口に出せない。特にノーが言えなかった。

わたしは彼女と、毎朝、いっしょに学校へ通った。道すがら、気づくと彼女が、いつもわたしにもたれかかってきた。

体を斜めにして、わたしのほうへ全身を預けるような感じで歩く。わたしはさながら彼女のつっかえ棒。Yちゃんの体がずっしりもたれてくると、「嫌だなあ」と思う。「歩きにくいから、離れてくれない？」などと、言うべき言葉が浮かぶものの、胸の内を空回りする。もんもんとするうちに学校の門が見える。そんなことの繰り返し。

けれど、わたしも限界になった。言葉のかわりに行動でYちゃんに抵抗するようになった。Yちゃんが体をもたせかけてくると、するっとよけて体をはずす。そのとき、わっとつかの間の解放感がある。

Yちゃんはつっかえ棒をはずされ、おっとっとっと。ころびそうになるが体勢を取り戻し、そうしてまた懲りずに、ずっしりともたれかかってくる。

すると、わたしも、また体をねじってはずす。Yちゃんはこけながら、再びもたれかかってくる。これが大人同士なら、嫌がらせの応酬だが、Yちゃんの場合はよくわからない。Yちゃんの生きる姿勢がたまたまそういうものだったという不思議な自然さにあふれていて、幾度ころびそうになろうとも、まるで、それ以外の歩き方を知らないというように、繰り返し繰り返し、もたれてくるのだ。わたしが嫌がっていることも、嫌だからわざと身体をひねっていることも、Yちゃんは何も気づかないというように、無垢にもたれかかってくるのだ。この先も同じことがずっと続くような気がした。

わたしの側面にふりかかってきた圧力こそ、他人の重さというものだろう。あのころ、わたしは一人でいるときだけ自由を感じる暗い子供だった。他人とのあいだを繋ぐのは言葉だったが、その言葉をうまく使えない以上、他人とどう関係をつないだらいいのかがわからなかったのだと思う。

Yちゃんとのつながりはいびつだった。通学の時間を離れても関係が平等でなく、どこかしらに支配と被支配の匂いが漂っていた。

平等な関係のなかで、丁々発止、言葉を自由にやりとりする——その楽しさを本当の意味で実感したのは、ようやく中年をすぎたころのことかもしれない。

それにしても、わたしのほうも意固地だった。自分のなかには常にはっきりとした結論があって、それだけが正しく本当のことだとたやすく信じ込んでいる。けれど外には出せないし、出さないから、思ったことが他人によって検証されることはない。「本当」のことは、たとえ正しいにしろ、いよいよ硬く、凝り固まるばかりだ。

他人が自分に介入してくるのはいつだって怖い。怖いけれど、それを許して迎え入れると、自分のなかの、「結論」だの「思い」だのが、柔らかくとけて他人とまざりあい、変化する。本当はそのほうが、ずっと豊かで面白いことだったのに。それに気づくのはずっとあとのことだ。

わたしの手元には、小学校時代に書いた作文集が残っている。当時の友だちが、わたしのことを書いてくれている。「わたしの友だち」という題で、わたしにも友だちがいたのかとうれしくなる。

そこには、小池さんがこんがらかった毛糸の糸を、いっしょに解いてくれたのがうれしかったと書いてある。

そうそう、そんなことがあった。他人の記憶とわたしの記憶が、一致することはめったになくて、そんなこと、あったっけ？　と思うことのほうが多いのに、「こんがらかった毛糸」の思い出は、そのめったにない記憶の一致である。

記憶は不思議な残り方をする。わたしにもたれかかってきたYちゃんの重みが、いつまでもいつまでも、わたし自身の側面に残っているように、こんがらかった毛糸のややこしさを、誰かといっしょに、ほぐそうとしていたことも、指先と体が記憶している。

でもわたしは、決してやさしさから、それを手伝ったのではないような気がする。何かを頼まれて拒絶することができなかった。そうして毛糸をほぐしているあいだは、言葉を使わないで済んだのだから、目の前の作業に没頭すればよかった。わたしは友情からというよりも、その作業に熱中してしまっただけのことではなかったか。

ちなみにわたしの母は、裁縫の途中、絡んで玉のできてしまった糸を、ほぐすのがとても上手だった。その母が、かつて友だちに、そういうのがうまい子がいたと話してくれたこともある。女の世界には、誰かの記憶に残る、糸ほぐしの名人が何人もいる。

絡んで出来た玉がぴんとはじかれ、一本の糸にすうっと戻るとき、つっかえていたすべてが流れ始める。あの爽快感を、どんな女も言葉にしたわけではない。でも知っている。体の奥で。Yちゃんがもたれかかった体の右側面は、今も思い出すとき、熱を帯びる。熱苦しくて、ずっしりと重く、嫌でたまらず、いつだってはねのけたい。けれどなかなか、振りほどくことができない。あれはYちゃんの、他に表し方を知らない友情だったのか。そう思えば、迷惑で面倒でやっかいなその熱を、懐かしむことができそうな気もする。けれどわたしの底には、やっぱりそれを、はねのけたい気持ちが残っている。

幼年はまだ、終わらないのだろうか。

濡れた黒髪

逆蛍という渾名のあった佐川さんは、突出した広いおでこを持ち、小学校時代は、学校一、賢かった。何期も続けて級長をつとめるのを、わたしは隣のクラスから仰ぎ見ていた。しかも彼女には「威厳」があった。激しい感情表現を決してしない。無駄口もきかない。彼女がそこにいるだけでもう、他の子供とは決定的に違う何かが、誰の目にも明らかになった。

前頭葉のでっぱりは、なにしろ迫力があり、一度見たなら忘れられない。しばしば、男の子たちによって、揶揄と攻撃の対象になった。しかし佐川さんは、決して嫌がるそぶりも見せず、男の子たちに反撃もしなかった。何を言われても、そんなこと、なんでもないとその顔は語っていた。佐川さんは素敵だった。素敵というより、不敵だった。

自分のおでこを少しも恥ずかしく思っていないことは、その髪型でもよくわかった。前髪を額に垂らさず、常におでこをむきだしにしていた。正しい横分けのショートカットで、両耳にはきっちりと髪をかけ、顔全面を世間に押し出していた。

濡れたようなその黒髪を、わたしはよく覚えている。それは比喩でなく、どう見ても、本当に濡れているように見えた。

きっと、毎朝、登校前に、髪を水で濡らして来るのだろう。そうして髪型を整えているに違いない。そう思うと、すべてが神事に通じる儀式のようで、ますます彼女が神秘的に思えた。

わたしたちが、普通に話すようになったのは、同じ地元の中学校にあがってからだ。クラスまで一緒になった。

佐川さんは、相変わらず賢く、濡れたような髪型をびしっと決めていた。みんなと同じセーラー服を着ていても、一人、存在感が際立っていることは小学校時代と変わらなかった。

やせぎすのわたしと違って、まろやかな優しい体をしている佐川さんは、セーラー服がよく似合う。わたしたちは、外見も性格も男の子の好みも、かなり違ったが、なぜか親しい間柄になった。

佐川さんには、とても美しいお母さんがいた。お母さんも「おでこ」だったが、佐川さんのそれほどは突出しておらず、まるく、なだらか丘のようである。

当時、わたしは十三歳、計算すると、母は四十だ。佐川さんのお母さんもそれくらいだったろうか。いやもっと、年上にも見えた。近くで見ると笑った顔にはやけに皺が多かったから。

それでも髪は、漆黒で若々しい。丸いおでこをむきだしにして、真ん中で分けたロングヘアだ。その髪質は娘の佐川さんに似て、さらさらでなく、しんなりと湿って見えた。

わたしたちが学校行事で旅行に行く際、佐川さんのお母さんは、必ずといっていいほど、駅へ見送りにきた。小学生だったらそれも当たり前だが、中学になっても見送りに来る父兄はその頃は珍しかった。夏の海浜学園や林間学校、修学旅行。佐川さんのお母さんはいつでもどこでも光を放っていた。そしてそう見えることを、半ば自分でも知っているように見えた。ああ、また来てるとわたしは思い、いつも目が釘付けになった。時々、髪をうるさそうに後ろへ払う。そんな仕草も女優のようだ。

わたしの母がもし、見送りに来るといったら、来なくていい、来るなと言ったかもしれない。ところが佐川さんはそうではない。自分の母でも、距離をもって尊重するようなところがあって、来たいというなら自分は拒まないという態度だ。佐川さんが来てほしいと頼んでいるようには見えなかった。あの母がそこにいるということは自らの意志でそこに来ているということだ。そう思われるほどのものが、存在の全体から醸し出されていた。

「お母さん、きれいだね」とわたしが言うと、佐川さんは微笑むくらいで何も答えない。

ふと佐川さんのお父さんのことが気になった。こんなに美しい妻と、こんなに頭のよい少女を家族に持つお父さんって幸せだろうか。不幸だろうか。

わたしの母は、面白いことに、佐川さんのお母さんをあまり良くは言わなかった。きれいなお母さんだと言うと、それについて否定も肯定もせず、「変わっている」と付け加える。「決して人の悪口を言わず、人のうわさもせず、四十になっても、長いロングヘアーをなびかせ、何を考えているかわからないから」なのであった。

母たちが、だれそれのうわさをしていると、佐川さんのお母さんは、「わたしは人のうわさ話をしたくありませんので」とわざわざ宣言しその場を離れるのだという。わたしは唸った。どこも間違っていない。何もかもが正しいではないか。

佐川さんは決しておしゃべりではなかったが、時々わたしのそばに来ては、意外なことを言った。

「わたし、不良が好きなの」と言い、クラスでもっともワルと言われていた、長谷くんが好きなのだと聞かされた。

夏の林間学園で、長谷くんは、担任の先生から呼び出され、めちゃくちゃに殴られた。担任は、向き合う時間のたっぷりあるそんな機会を利用して、長谷くんを徹底的にこらしめようとしたらしい。殴られる理由の一つは、長谷くんのおこした性的な事件のようだ。不穏ななまめかしさが長谷くんにはあった。かなり整った顔だちだが、どことなく影があって小柄である。わたしは長谷くんを小学生のころから知っていた。低学年のときには、みんなで長谷くんの誕生会に招かれ、アパートの一室で小さなケーキを分け合った思い出もある（そのなかにまだ佐川さんは登場しない）。なのに長谷くんはいつからか知らない仲間とつるみ、わたしたちの想像をはるかに超えるワルになってしまった。

そんな長谷くんを佐川さんは好きだという。本人が公言していたから、すぐにみんなが知るところとなったが、長谷くんのほうは困惑していた。長谷くんは佐川さんを「なんとも思っていない」と皆の前で言った。それを聞いても佐川さんはびくともしなかった。

「わたし、悪い人が好き、不良が大好き」。

嫌われても嫌われても、佐川さんは意に介せず、ますます長谷くんを好きになるようだった。

また別の日、佐川さんは言った。

「運動会の日、途中で雨になって中止になったじゃない？　家に帰ったら、お父さんが帰ってきていて、お母さんとお父さんがキスしてたの」

まばたきもせずに話す佐川さんは特に恥ずかしそうでもなく、一つの現象を誰かに報告しておく必要があるというふうだ。わたしは興味しんしんだったが、ただ、ふーんと言った。あのきれいなお母さんと、見たこともないお父さんが、キスくらいしても問題はない。見たことのない佐川さんのお父さんは、お母さんに今も、深く惚れているのだ。

そこまで思って佐川さんを見た。佐川さんはぶすだなと思った。家族のなかで佐川さんが、急に突然、一人ぼっちに見えた。

佐川さんの成績が下がりだしたのは、どういう理由があったのか。今もわたしにはわからない。

気づくと佐川さんはオーラを落としていた。依然、おでこに変わりはなかったが、でっぱっているだけで、それが発するはずの光は失われた。

「先生たちから夜遅く、電話がかかってくるのよ。お酒飲んでるみたい。お母さんを出してくれって」

佐川さんは、そんなことも言った。わたしは内心驚きながらも、ふーんと言った。そして誰にも話さなかった。母に話すと面倒なことになる。きれいなお母さんに夢中になってしまった先生がいても、そしてそれが複数でも、少しもおかしいことではない。

濡れた漆黒の髪の秘密は、わたしが聞く前に、本人が話してくれた。

「お父さんのポマードを塗っているの」

ポマードを塗る中学生女子って、どんな人だろう。そう思いながら佐川さんの顔を見る。

「お母さんもそうよ。わたしたち、お父さんのポマードを髪に塗っているの」

佐川さんのお父さんは単身赴任らしかった。お顔は一度も見たことがない。

妹

妹とは性格が全く違う。本人たちが意識したことはない。おばの一人が言う。

「あんたたちは混ぜて二つに割ると、ちょうどいいんだけどね」。

暗く内向的なわたしと明るく外交的な妹。そう単純に割り切れるものではないが、とにかくわたしは石のように無口であり、妹は流れる水のごとく誰とでも話ができる。本を読むのが好きなわたしと、虫の好きな妹。友達だって、妹のほうがたくさんいるし、わたしの同級生は、わたしと遊ぶより、妹と遊ぶほうが楽しそうだ。いつしか、わたしよりも、妹のほうと仲良くなっていたりする。わたしはちょっと傷つく。でもすぐあきらめる。わたしだって、難しいわたし自身よりも妹と付き合ったほうが楽しいもの。

わたしがいなければ、家のなかを探せばいい。妹がいなければ、必ず家の外にいる。妹は、死んだ祖父と入れ違いに、この世に生まれてきて、とにかく元気な子になってほしい、という祖父の願いを受け、元子と名づけられた。誰もが、もっちゃんと呼んだ。

もっちゃんは小学生の頃、皆の前で、よく「落語」をやってくれた。ときに、縁側でその練習などをしていると、隣のおばさんのひそひそ声がする。「ほらほら、やってる」と、その声はうれしそう。聞き耳をたてているのが、気配でわかる。落語といったって、たいしたものではない。えー、まいど、お集まりいただきまして、まことにありがたいことでございます。てな口上を述べると、あとはおそらくいいかげんなことをぺらぺらと続けたにすぎない。けれど皆は、それを見て笑った。

妹がそこにいるだけで、なんとなく皆が幸せな気分になる。彼女は実に、笑い出したくなる面白い顔をしていた。まゆげと眼がやや垂れていて、鼻は丸く、全体に愛嬌がある。どこから見ても喜劇役者の顔だ。後年、大人になって、妹の顔は大きく変貌するが、幼年時代の顔は、どことなく笠置シヅ子という歌手に似ている。決して美人ではない。

わたしは妹が憎らしくなると、唇が分厚いくせにと意地悪を言った。すると妹は泣く。わたしの唇は薄い。薄情そうだ。

母の唇を受け継いだ妹は、ふっくらとあたたかみのある唇をしていて、それが魅力なのに、当時のわたしは欠点であるかのようにからかった。おそらく、その唇に性的な魅力があるのを

白水 図書案内
No.867／2017-11月　平成29年11月1日発行

白水社 101-0052 東京都千代田区神田小川町3-24／振替 00190-5-33228／tel. 03-3291-7811
http://www.hakusuisha.co.jp ●表示価格は本体価格です。別途に消費税が加算されます。

スターリンの娘（上・下）

――「クレムリンの皇女」スヴェトラーナの生涯

ローズマリー・サリヴァン
染谷徹訳■各3700円

クレムリンの皇女は父親の名前の重圧を背負い、過酷な運命から逃れようとした……。まさに「20世紀史」を体現した波瀾の生涯。

『濹東綺譚』を歩く

唐仁原教久
■2400円

永井荷風の名作を飾った木村荘八の挿絵を人気画家が詳細に検証、舞台となった玉の井を中心に、刊行80年後の風景を新たに描く異色作。

メールマガジン『月刊白水社』配信中

登録手続きは小社ホームページ http://www.hakusuisha.co.jp の登録フォームでお願いします。

新刊情報やトピックスから、著者・編集者の言葉、さまざまな読み物まで、白水社の本に興味をお持ちの方には必ず役立つ楽しい情報をお届けします。（「まぐまぐ」の配信システムを使った無料のメールマガジンです。）

アメリカの汚名
――第二次世界大戦下の日系人強制収容所

リチャード・リーヴス［園部 哲訳］

戦時中、12万の日系アメリカ人が直面した人種差別と隔離政策の恐るべき実態を描いたノンフィクション。

（11月下旬刊）四六判■3500円

レーニン 権力と愛（上・下）

ヴィクター・セベスチェン［三浦元博・横山 司訳］

最新史料から見える「人間レーニン」とは？ 妻や愛人、同志や敵、人物模様と逸話を通して、革命の舞台裏と意外な素顔に迫る傑作評伝！

（11月下旬刊）四六判■各3800円

近代中国への旅

譚璐美

元中国共産党員の亡命者と日本陸軍中将の長女の間に生まれたノンフィクション作家の半生と日中百年の群像。

（11月下旬刊）四六判■[illegible]円

新刊

メルロ＝ポンティ哲学者事典
別巻 現代の哲学・年表・総索引

加賀野井秀一・伊藤泰雄・本郷 均・加國尚志監修

ソシュールをはじめ二十世紀現代思想の巨人たちから、サンデル、メイヤスー、ピケティ、ガブリエルまで……二八〇名超を立項解説。

（11月下旬刊）A5判■6400円

高山宏セレクション〈異貌の人文学〉

ボーリンゲン
過去を集める冒険

ウィリアム・マガイアー［高山 宏訳］

ユングに傾倒したアメリカの資産家夫妻が創設したボーリンゲン基金と出版活動。二十世紀を変えた〈知〉が生成される現場を活写する。

（11月下旬刊）四六判■6800円

三月の5日間
［リクリエイテッド版］

岡田利規

リクリエイトされた表題作に、「あなたが彼女にしてあげられることは何もない」「部屋に流れる時間の旅」「God Bless Baseball」を併録。

感じとっていて、そこに反発をしたのかもしれない。

妹は、ラジオ体操でも声がかかった。高い台の上に立ち、模範演技をしてほしいという。小池さんちの次女は、とにかく活発で元気らしい。それを聞きつけた町内会のおじさんが、ぜひにと、じきじきにやってきたのだった。そうして彼女は、長い夏休みのあいだ、一日も休まず台の上に立った。わたしは時々寝坊した。寝坊した日は行かなかった。妹にそれは許されなかった。

落語にしろ、ラジオ体操にしろ、わたしは思った。妹ってなんてすごいんだろう。知らない人を見るように妹を見た。身内にスターを輩出した家族は、そんなふうに家族を見つめるものかもしれない。誇らしいけれど、ちょっとさびしくもある。でもわたしは決して妹のようにふるまえないのがわかっていたし、妹のようにふるまいたいとも思っていなかった。わたしと妹は、姉妹でありながら水と油のようで、おばさんの願ったようには、とても混ざりあえるようなものではなかった。

妹には本当によく出来たところがあった。一方、妹はわたしを少し困った姉だと思っていたのではないだろうか。妹はいつもわたしを助けてくれたが、わたしが妹を助けた記憶はない。

あるとき、わたしは学校の宿題で、何か自然物の調べ物をする必要があった。困っていると、妹が言った。

「おねえちゃん、隣のともよちゃんちで百科事典を借りたら？　それには何でも載っていて便利だよ」

ふーん、そうか、百科事典か。でもわたしは恥ずかしくて、それを借りに行く勇気がない。するとと妹が言った。

「わたしが借りてきてあげる」

そうしてすぐに飛び出していくと、「おねえちゃんが調べたいから」と事情を話し、すぐに本当に百科事典を借りてきてくれた。

わたしは驚き、小さくため息をついた。なんてあざやかな行動力。ありがとうと言うのも忘れ、わたしはまるで妹が悪いことをしたかのように、何かを責めたいような気持ちで、妹と百科事典とを見ていた。

わたしのはずかしさは消えなかった。物を借りた恥ずかしさではない。妹に物を借りに行かせた、何もできない姉としてのはずかしさ。しかも妹は、いつだって恩着せがましくない。それが当たり前のように、きびきびと立ち働く。

父と母はそんなわたしたちを見て、何か感じるところがあったらしい。しばらくしてから、わたしたちに子供用の事典を買ってくれた。大人用とは違う。何でも載っているというわけにはいかない。それでもうれしかった。わたしたちに不足していたものを父はなんとか満たそうとしてくれた。

実はそのあと、大人用の百科事典が、ある間違いからうちへやってきた。

その頃、父の店に勤めていた、和歌山から来た若いおにいさんが、なにやら決心をしたらしく、百科事典を毎日読んで教養をつけようと、月賦で全セットを買うことにした。毎月、事典が一巻ずつ届く。わたしはそれを見たわけではないが、おにいさんの本棚に、一巻、二巻と事典が増えていく様子が想像できる。昭和三十年、四十年代の東京下町では、百科事典が知の象徴たりえていたのだろうか。

そんなある日、朝になっても、おにいさんが店に現れない。部屋を探すと空だった。おにいさんは、同じ和歌山からやってきた、別の店で働く友人としめしあわせ、店から夜逃げしたのだった。

呆然とした父を覚えている。困ったと思うが、それよりも、裏切られたという思いのほうが強かっただろう。

あとには刊行途中の百科事典とその支払いが残った。父は途中で解約せず、残りを一括で払い終えた。あるとき、ずらりと揃った日本百科事典と世界百科事典の二組が、どかんと我が家にやってきた。その経緯をわたしたちはしっかり理解していた。豪華な百科事典が、正当な理由で我が家にやってくるわけがない。

それは、妹がともよちゃんちから借りてきてくれたそれより、はるかに立派なものだった。シリーズで揃えると、存在感がありすぎて、まるで図書館にいるようだった。しかもそれには、置き去りにされた物特有の荒廃したさびしい重量感が漂っていた。本当にこれは、わたしたちのものなのだろうか。いつまでも他人のものという感じがして、長く触ることもできないでいた。

やめてよ、やめてよという、妹の悲鳴が聞こえる。道路に出ると、町内一の乱暴者、かっちゃんが妹の服をつかみ、ぐるぐると引き回している。なんてひどいことをするのだろう。乱暴者め。すぐに止めなければ。走って行かなければ。

けれど体が硬直してしまって、わたしは一歩も動けない。かっちゃんを止めなければ、妹が死んでしまう。そう思うのに、わたしは一歩も動けない。ガラス玉のような眼で往来の二人を見ている。妹の眼に、そんなわたしの姿は写ったろうか。

やがて、かっちゃんが遊び飽きたように妹を解放する。妹は泣きながら家へ飛び込む。わたしはそれをもじっと見ている。何もしない。何もできない。助けられない姉を、妹は責めない。おねえちゃんは何も出来ない、何もしてくれないと、泣き言やうらみをもらすこともない。それどころか、何も出来ない姉を、妹はいつも助けるだけだ。

わたしだけでない。妹はいつも誰かを助ける。困っている人、格別、困っていない人も。言葉で助けたり、お金で助けたり、行動で助けたり。いい医者を見つけるのがうまい。おいしい野菜、米、味噌をよく知っている。それを分けてくれる。けれどわたしは何ができただろうか？　何もしない。何も行動しない。ただ見てきた。

妹は高校生のとき、乳がんになった。乳首が紫色になるまで、母に言わなかった。母もわたしも気づかなかった。

余命数か月と言われたころには、学校から千羽鶴が届いた。けれど手術で胸をひらいたとき、それは奇跡のように、良性のがんだった。

あれから妹は長く生きている。そして相変わらず、わたしを助けてくれる。何も言わないのでわからないけれど、妹に助けられている人はほかにもいそうである。けれど妹に苦労は多い。お蕎麦屋さんでアルバイトをしている。五十を過ぎて、店の人に怒鳴られている。怒鳴られてもやめないでがんばって、今では店長さんにすっかり信頼されているそうだ。

それでも受け取るより、人のために尽くすほうが、ずっと多いようにわたしの眼には視える。

むかしは子豚のように丸く太っていた妹が、今は鶏ガラのように痩せている。高くはなさそうな洋服をおしゃれに着ている。本当は高いのかもしれないが、妹が着ると高く見えない。だが、そのセンスはなかなかのものである。

妹とわたしは一つ違いだ。

文集

Ｓ学園へ行くのは身体にさまざまな問題を抱えた子供たちだった。極端に痩せていたり、太っていたり、あるいは喘息やアレルギーがあるというように、健康上に問題のある生徒が、毎年、数人、知らぬ間に選ばれる。

ある日、のぶえちゃんがみんなの前に立った。先生が言った。少しの間、お別れです。のぶえちゃんは学園へ行く。そのとき、みんなが何と言ったか、そしてのぶえちゃんが何を言ったか。わたしは何も思い出せない。

学園は海辺にあるのだという。潮風が身体によい効果を及ぼすので、それで元気になるということらしい。

のぶえちゃんはとても痩せていた。だが、同じくらい、わたしも痩せていた。食べても食べても太れなかった。体質だと思ってあきらめていたが、今は違う。食べなくても知らぬ間に肉がつく。子供のうちは成長のほうが早くて、食べてもきっとおいつかなかったのだろう。けれど自分が痩せているということは、わたしの抱えていた劣等感のなかでも最も大きなものだった。小池のガイコツと男の子は言った。わたしの手首は、あらゆる関節のなかでもっとも細く、自分で見ても、ぞっとするほどだった。華奢などというものではない。病的だった。給食当番のとき、割烹着からのぞく手首をみんなが見て、気持ち悪がっているのではないかと、よく考えたものだ。それで手首を隠す癖がついた。

そんな自分だから、余計にショックだった。今年はたまたま、まぬがれたのかもしれない。来年あたり、わたしにも声がかかるかもしれない。S学園へ行くということは、行かされるということであって、誰も、すすんで行くわけではない。小学校の四、五年生くらいのときに、親と離れて生活する。不安にならないわけがない。当時はあまり話題にしなかったものの、わたしのように、身体的な劣等感を持っている子供は、みんなS学園に行くことを恐れていたと思う。

わたしとのぶえちゃんは、痩せているということだけで仲良くはならなかった。むしろ互いを遠ざける傾向にあったかもしれない。わたしものぶえちゃんも、大人しいほうだったから、会話らしい会話を交わしたことがなかった。のぶえちゃんのほうが、一層、口数が少なかった。

おとなしいというより影がうすくて、さよならを言うときになっても、痩せていることのほかは、何も思い出せないくらいだった。だから、わたしは、のぶえちゃんが学園に行くと聞いても、格別、さびしいとは思わなかった。自分にも同じ運命がふりかかってきたらどうしようと、それだけを不安に思っていた。

隣のクラスにも、学園に行ったとうわさされた子がいた。確かにその子の姿を見かけなくなっていた。のぶえちゃんとは逆に、ひどく太っていた男子だ。

その後、わたしたちは、そしてわたしは、のぶえちゃんのことも、彼のことも、学園のことも、すぐに忘れてしまった。同じ時間、海辺の町では、子供たちが潮風に吹かれて同じように勉強したり、ご飯を食べたり、歌を歌っていた。それを思い出すのは、あれから半世紀もたった今のことで、当時はみんな薄情だった。

その翌年、わたしは相変わらずがりがりで、相変わらず手首が折れそうで、ガイコツと呼ばれることにも変わりはなかったが、それでも、学園へ行かされることはなかった。のぶえちゃんのことはさらに忘れた。

ようやくみんなが彼女を思い出したのは、卒業の年。クラスごとに、卒業に際して作文集が作られることになった。卒業間際に出来上がってきたそれをめくってゆくと、のぶえちゃんの名前があった。学園に行って二年目の年。のぶえちゃんがクラスから抹消されたわけではなかった。

皆の作文が、それぞれ相応の長さで印刷されているなか、のぶえちゃんの文章はとても短いものだった。だが、読みだしたとたんに違和感を覚えた。

これ、違う。のぶえちゃんが書いたものじゃない。菊野先生だ。担任の菊野先生が、のぶえちゃんを装って書いたものだ。

どうしてそんなことが分かったのかと言われれば、わかったとしか言いようがない。

「わたしってね、とても痩せてるのよ、なかなか太れないの」

のぶえちゃんの作文には、そんな一文が挟み込まれていた。そこだけ見ても、おかしいと思った。自分のことを、女の子の一体誰が、そんなふうに書くだろう。そこには彼女でない、他の人が彼女を見て、そう書いた「目」が感じられた。

しかも作文は、「おほほほほ」という、笑い声の書き言葉で終わっていた。女が「おほほほ」と笑わなくなって、おそらく百年近くはたつだろう。少なくとも、十一歳の少女は、おほほほほとは笑わない。わたしは背筋が寒くなった。あきらかに、男が少女を装って書いた文章だった。男とは当時、五十歳前後だった菊野先生しかいない。みんなにおそれられている、変

郵　便　は　が　き

おそれいりますが切手をおはりください。

101-0052

東京都千代田区神田小川町3-24

白　水　社　行

購読申込書

■ご注文の書籍はご指定の書店にお届けします。なお，直送をご希望の場合は冊数に関係なく送料300円をご負担願います。

書　名	本体価格	部　数

★価格は税抜きです

(ふりがな)

お　名　前　　(Tel.　　)

ご　住　所　(〒　　)

ご指定書店名（必ずご記入ください） Tel.	取 次	（この欄は小社で記入いたします）

『幼年　水の町』について	(9588)

■その他小社出版物についてのご意見・ご感想もお書きください。

■あなたのコメントを広告やホームページ等で紹介してもよろしいですか？
1. はい（お名前は掲載しません。紹介させていただいた方には粗品を進呈します）　2. いいえ

ご住所	〒　電話（　）		
（ふりがな） お名前	（　歳） 1. 男　2. 女		
ご職業または学校名		お求めの書店名	

■この本を何でお知りになりましたか？
1. 新聞広告（朝日・毎日・読売・日経・他〈　〉）
2. 雑誌広告（雑誌名　）
3. 書評（新聞または雑誌名　）　4.《白水社の本棚》を見て
5. 店頭で見て　6. 白水社のホームページを見て　7. その他（　）

■お買い求めの動機は？
1. 著者・翻訳者に関心があるので　2. タイトルに引かれて　3. 帯の文章を読んで
4. 広告を見て　5. 装丁が良かったので　6. その他（　）

■出版案内ご入用の方はご希望のものに印をおつけください。
1. 白水社ブックカタログ　2. 新書カタログ　3. 辞典・語学書カタログ
4. パブリッシャーズ・レビュー《白水社の本棚》（新刊案内／1・4・7・10 月刊）

※ご記入いただいた個人情報は、ご希望のあった目録などの送付、また今後の本作りの参考にさせていただく以外の目的で使用することはありません。なお書店を指定して書籍を注文された場合は、お名前・ご住所・お電話番号をご指定書店に連絡させていただきます。

わった担任だった。

はじめてわたしは、のぶえちゃんをかわいそうに思った。そうして怒りのようなものがじわじわと湧いてきた。それから先生に深い嫌悪感を覚えた。

遠い町へ行ったことはどうしようもないことだ。みんながのぶえちゃんを忘れてしまったことも。でも書いてもいない作文を自分の名前で発表されるなんて、ひどいじゃないとわたしは思った。わたしはのぶえちゃんが殺されたような気がした。のぶえちゃんの声が、封じ込められたような気がした。「わたしってね」という女の子の言葉が汚された気がした。先生は、のぶえちゃんの肉声を装うことで、のぶえちゃんの身体を盗んだのだ。

それにしても、どうしてそんなことがおきたのだろう。

遠い学園で生活しているのぶえちゃんのことを、先生は改めて、不意に思い出したのかもしれない。そうしてもしかしたら「善意」で、作文集に載せてやりたいと思ったのかもしれない。でも何らかの理由で、本人が本当に書いた作文は文集刊行に間に合わなかった。いやそもそも最初から、間に合わなかったのかもしれない。最初から、本人の作文は書かれなかったのかもしれない。わからない。わからないけれども、残っているのは、とにかく、本人とは違う声で書かれた作文だけだ。

十一歳というのは、まだ遠いはずのおとなの世界が、実は案外近くまで来ているという、微妙な年齢だと思う。小さい頃、驚くほど自在な文章を書いていた子も、だんだんと枠にはまってきて、「……と思います。なぜならば……」というような、あるべき定型的な文章を書き始める。好きなように書きなさい、という先生の命令ほど、彼らを困らせるものはない。好きなように本音を書いたら、大変なことになってしまう。かつてそのなかにいたわたしも、当時は同じ気持ちではなかったかと思う。自分のなかに秘密を育てるという大事な仕事が始まる時期でもある。他の人はどう読むかという、客観的な目が自分のなかに育ってきているから、本当のことは隠して言葉を整える。心の本当は、ちょっと違うんだけどと思いながら、通りがいいように言葉を並べていく。思うところを正確に書くのは、おとなだって難しい。

のぶえちゃんの名のついた文章は、そうした文章ともまるで違っていた。本当のところがどうだったのか、真偽をたずねてみたいけれども、菊野先生はもういない。

卒業作文集は、記名がある以上、のぶえちゃん本人にも渡ったはずだ。わたしが感じたことが正しかったとしても、のぶえちゃんはそれに抗議するような女の子ではない。「あれはわたしの書いたものじゃないわ」。そう思いながらも、うっすら笑うだけで、肯定も否定もしないだろう。ああ、じれったい。でもそれが、わたしの記憶のなかの、のぶえちゃんだ。

オパール

家にはさまざまな人の出入りがあった。子どもは皆、家へやってくるお客さまが好きだ。よくやってきたのが近所に住む、祖母の叔母。彼女は身体も顔も大づくり、ぞうりのようにひらべったい顔をして、性格は穏やかで優しかった。きよべのおばさんといった。

おばさんは祖母を、おはなさん、おはなさん、と呼んだ。祖母の名前は「ひろ」だから、おひろさんのはずだった。聞けば結婚を機に名前を変えたのだという。花は散るからと、姓名判断で言われたらしい。文句も言わずに受け入れた祖母の本当の気持ちはどうだったのだろう。きよべのおばさんは、その祖母を、なぜか旧名で呼び続けた唯一のひとだ。

おばさんは、大きな身体を揺らしながらやってくる。いつもどこかが痛い。そうして掘りごたつのある居間にどさりと腰を下ろすと、身体の不具合の愚痴や、人のうわさ話をひとしきりする。知らない人の名前も随分出るが、話の内容より、会話のリズムや話すときの表情が面白くて、見ているだけで飽きないのだ。

おばさんのこめかみには時々、種を抜いた梅干しが平たく貼られていた。頭痛に効くらしかったが効果は知らない。あの梅干しは落ちないのだろうか。貼ったあと、食べるのだろうか。まさか食べないだろうなあ、気持ち悪いものなどと、わたしは何一つ言葉に出さず、いろいろなことを想像する。

まだ小さかったが、言葉を理解する年齢には達していた。しかし彼女たちは、わたしを犬とか猫程度のものとして考えていて、いつだって、いるのにいないかのように、わたしを忘れて話に興じていた。彼女らはきっと、老人の話にじっと耳を傾ける子どもがいるなどということは考えもしなかったのだろう。そのおかげで、わたしは透明人間のようになって思う存分そこにいることができた。大人になってからも、人が集まるような席でしばしば、「あら、いたの?」とか「いたことにきづかなかった」などと言われたものだが、誰にも見えないようにその場にいる訓練を、子どものときからしていたのかもしれない。

老女たちの話をじっと聴き続けながら、わたしは確かに幸福感を覚えていた。あの頃から、自分で話すよりも人の話を聞くほうが好きだった。そういうわたしは長じて、ひとなかにいると目立たない、存在感の薄い女になった。存在感が薄いとは自虐的な言い方に聞こえるかもしれない。確かに存在感はないよりあるほうがいいのかもしれない。だがあるとき、こんなことをいう男の人に出会った。

「女の人にも魔女型と妖精型がいてね。たとえば、舞台のうえに立つ女優とか音楽家は魔女型、圧倒的な存在感があったほうがいい。しかし存在感というものはあるほうがいいというわけでもない。妖精型は誰にも見えない。存在感が薄い。だが彼女らは、見えてしまったら存在理由がなくなってしまう。詩人というものがほんとうにいたとしたら、妖精型に違いない。誰にもその存在が見えない。そのほうがいい」

そう、確かにそんな在り方がある。自分を「妖精」などと言うつもりはないが、少なくともわたしは「魔女型」ではない。わたしは自分が励まされたように思った。そのひとはわたしが詩を書いていることを知らなかった。そしてわたしは確かに詩を書いてはきたが、詩人ではない。詩人ではないわたしにも、しかし本当の意味で詩人だった時期がないわけではない。「詩」を求めながら、詩を書かず、詩を書けず、故に一冊の詩集も持たず、たったひとり、世界を見つめていた子どものころのわたし。自分が除外されながら疎外感を覚えず、老女たちの話に一心に耳を傾けていたわたしは、孤独だったが少しもさびしくはなかった。あのころのわたしを、小さな詩人と呼んでもいいような気がする。

別のある日、今度は同じ居間に父の妹――わたしにとっては叔母――の婚約者がやって来ていた。叔母はそのころ家に同居していた。叔母の婚約者だから、やがてわたしの叔父になる。とても優しそうな人だった。

実はそのとき、未来の叔父よりわたしを惹きつけたものがある。彼がもってきた婚約指輪だ。祖母が小箱を受け取り、蓋を開けた。こんな大事な席にも、小さなわたしは紛れ込んでいた。小箱のなかには、見たこともないような美しい宝石が入っていた。オパールというものだと知ったのはずっとあとのことだ。蛋白石といわれるように、卵の蛋白に似た乳白色が広がっている。その奥に、ちかちかと輝く、赤、青、緑の色彩のかけら。

わたしは陶然とした。なんて美しい石か。母が父からもらった指輪は「真珠」だった。まだ独身の、別の叔母がつけていたのは「ルビー」だった。真珠にもルビーにも、そしてサファイアにもダイヤモンドにもない、オパールだけの魅力。「夢」というものを体現したような石を、わたしは初めて見たのだった。

きれいだね……と誰かが言った。祖母だったか。叔母自身だったか。

わたしはただ、それを見つめるだけで十分で、自分のものにしたいとは思わなかった。大人になった今も、それは同じだ。宝石というものが簡単には手に入らない高価なものであること、それも理由もひとつだけれど、なぜかその高価なものが、わたしにはいまひとつ、似合わない。

映画「極道の妻たち」では、極妻・岩下志麻が、やくざに惚れてしまいそうな妹をなんとかカタギに嫁がせようとして、まずは姉の自分から宝石をプレゼントし、「これを見て身体があつうならない女は女でない」などと言う。それと同じような意味で、宝石に興味がない女は女ではないと、誰かがどこかで書いていたのを読んだ記憶もある。いずれもそうだよねえ、そうだろうなあと思うが、その「女」から自分ははじかれている。

一個の光り輝く宝石はそれ自体で美しいばかりでなく、それを身につけた女の存在を、あらわにし、重みをつける。「ここに女あり」ということを、極めて能弁に語るのが宝石だ。ギラリと重く輝くダイヤが似合う老女を心の底から尊敬するし、あこがれもするが、この世での自分の役割は、梅干しババア、いえ、きよべのおばさんの話に耳を傾けてきたところに決まったのかもしれない。

見えない存在であり続けること。選んだわけでもないし、詩人でも妖精でもない。どちらかといえばわたし自身が、梅干しババアになりかけているが、胸のなかには、今もちかちかときらめいているのだ。乳白色の美しいオパールが。

母の絵

老いた母を見ていると、「女の一生」という言葉が頭に浮かぶ。若い頃から年老いるまで、いちばん近くでいちばん長い年月、わたしが見てきた女は母にほかならない。

果たして母は幸せだったのだろうか。

そんなことは今まで聞いたことがないし、この先聞くつもりもないけれども、母は幸せだったのだろうかと一度でも思ってしまうと、この疑問は消えることがなく、変なときに再びふっと湧いてくる。そうしてそのまま解決するわけでもない。おそらく本人は、自分が幸せだったのかどうかなど考えもしないで一生を終えるに違いない。

母はほとんど、自分のことを話したことがない。どんな子供だったのか。若い頃はどんな友達がいたのか。どんな人を好きになって、どこへ行ったのか。母に限らず、多くの結婚している昭和ひとけた世代の女は、自分の話を、案外、話すこともなく死んでしまったり、母のように、気づいたときにはすっかり年寄りになっていたということが多いような気がする。

変わって男性はどうだろう。

うちでは父が、常に一座の話し手だった。わたしたちは、父のする話を、それがたとえ二度目であろうと三度目であろうと四度目であろうと、初めて聞くように聞くのが、ひとつの習性となっていた。

ときどき、聴き手のわたしが、ひどく意地悪な気持ちになって、「ああ、それはおとうさん、こういう話でしょう？」などと話を先回りしたりして、父に恥をかかせるようなこともあったけれど、母は決してそういうことはしなかったし、妹もしなかった。わたしだけが冷酷なことをした。

母は父から何度同じ話を聞こうと、毎回違って聞こえるような相槌を打つ。つまりおざなりな相槌を打たない。だが時には、夫婦は芝居だなどと、冗談なのか本気なのかよくわからないようなことを低い声音で言ったりするので油断がならない。

さて父のほうは、いい具合に相槌を打たれて、さぞ気分よく話しているだろうと思っているとそうでもなく、ある日、実家を訪ねると、ふたりは喧嘩をしていて、母のことを、「先走って、相槌を打ち、人の話の腰を折る」と非難していた。確かに母は、ときに烈しく相槌を打ち過ぎる。しかし父も同じ話をしすぎる。

父に非難された母は、謝ることもなく、湿り気のある真顔で、父の怒りが収まるのを待っている。昔のひとはそういうふうに、雨や嵐や雷をやり過ごしたのだろうと思う。珍しく母がした昔話は、そうたくさんないけれどよく覚えている。数が少ないから覚えているというわけではなく、話が鮮明で色彩が見えるようなので、自然、記憶に残った話が多い。

母はクラシック音楽と絵が好きだったが、音楽は自分で楽器をやるというわけではなく、純粋な聴衆の一人だった。ベートーベンの三番や五番、六番の交響曲を、好きだというだけで聴いていた母。指揮者や演奏者は誰でもよく、ただ曲が聴ければそれで満足だった。家では、腰を降ろして音楽を聴いていた姿を見たことがない。子供だったわたしを連れて、叔母(自分の妹)の家を訪問した際などに、ようやく座って音楽を聴くというようなことができた。

そして絵のほうは、こちらは鑑賞よりも実践で、描くことが純粋に好きなようだった。「好き」が高まると専門的になり、知識がついたり、衒学的になったり、一言言いたくなったりするものだが、母の場合は、そういうところがまったくなく、ただ好きでならないという感じをずっと貫いてこられたのは、多分、他にやるべき家事・雑用があまりに多く、音楽や絵などに裂ける時間がほとんどなかったせいもあるだろう。

小学生のとき、「夏みかん」の絵を描いたそうだ。それは学校で金賞をとり、廊下に貼りだされたという。クレヨンで描いたと母は言った。わたしにはその絵が見えるような気がした。

わたしが宿題で絵を描かなければならないようなとき、母はわたしによく、どのようにクレヨンを使うとよいか、どのようにクレヨンの色を混ぜたらよいかを、至極具体的に教えてくれたが、それはそのまま、自分が描くときの方法だったろう。ときには自分の手にクレヨンを持ち直し、紙のうえに、色彩の世界を広げてみせた。母はクレヨンを執拗に塗った。紙のうえにクレヨンをごりごりと押し当てた。柔らかなクレヨンは、塗られるというより、強い力によって先端をめりめりと潰され、紙の上になすりつけられていった。

そうして描かれた「夏みかん」は、表皮そのもののように生々しく盛り上がり、手につかめそうなほどの「本物感」をたたえていたに違いない。母は夏みかんを描くことで、そこに自分を塗り込めたのだ。

夏みかんはやがて真夏の太陽に転化し、真夏の浜辺にいる母を照らしだす。

銀座に本社のあった、大きな化粧品会社。そこで母は結婚前の一時期、働いていた。夏になると、同僚たちと海辺へピクニックに行った。会社にはパーラー部門があり、専任のコックさんたちがいた。彼等はその頃はまだ珍しかった洋食専門の料理人たちだった。浜辺には、彼等の造った珍しい食物が豊富に持ち込まれた。

「びっくりするほど分厚く切ったハム、サラダ、クリームコロッケ、飲み物、パイナップル、サンドイッチがぎっしりあって……」

子供だったわたしはそれを聞いて、自分の目がらんらんと輝くのを感じた。浜に広げられた豪華なランチ。若い母はおそらく水着を着て、ふさふさの眉毛、まだ旧姓で呼ばれている。

それから何年後のことだったろう。下町の材木屋のお嫁さんになって、新婚旅行から帰ってきたその日は「胃がきりきりと痛んだ」。舅姑小姑に囲まれ、他人ばかりの家で第一目が始まった。泣いた母を見たのは一度だけ。あとは笑って、怒って、我慢して、働いて働いて働いて、あっという間に年老いてしまった。晩年は墨絵を少し描いた。

「夏みかんの絵は残っていないの？」

「そんなもの、とっくにどっかにいっちゃったわよ」

失われてしまったからこそ、鮮明に残り続けるイメージがある。描かれた夏みかんは母の命だ。ごろりとふてぶてしく盛り上がって、容易なことには転がり落ちない。今もまだ、どこかの小学校の暗い廊下に、ぴかぴかと貼りだされているんじゃないか。そんな気がしてならないのだ。

白い声

「中村さん、読んでごらんなさい」

音読の時間。先生が言う。

中村さんが席から立ち上がる。でも声が出ない。

「どうしたの？　中村さん。読めないの？」

Ｋ先生は決して声を荒げたりはしない。厳しいところもあるけれど大好きだった先生。シニョンに結った髪。黒いタイトスカート。すっと伸びた背筋。わたしは先生をソンケイしていた。ソンケイなんて言葉を、当時は決して使わなかったけれども。

先生は中村さんを責めたりはしない。けれど簡単に朗読を免除することもない。先生は中村さんに期待しているのだ。いつか、きっと読めるようになる、声を出せると。いつ読みだすか。今か今か。待っている時間は子供らにとって永遠に等しい。

やがて中村さんがしくしくと泣き始める。あーまただーとわたしは思う。中村さんはいつもそうなのだ。いつもそうやって泣き出すのだ。陰々滅々とした泣き方で。世界がみしりとひび割れするような泣き方で。人を途方に暮れさせるような泣き方で——。

いつもは確かに小声だけれど、笑うこともあれば、しゃべることもある。ただ、音読ができないだけ。その理由を誰も知らない。

わたしたちは先生とは違う。中村さんが自分の声で音読するだろうとは思っていない。たぶん永遠にその時は来ない。少なくともわたしはそう思っている。

それでもわたしたちは、はやしたり、ばかにしたりすることなく、ただ待っていた。何を待っていたのかしら。何か終わって何かが始まる。その変化の瞬間を絶望しながら待っていた。

大人になってからも、わたしは想い出す。みしみしと泣く中村さん。いつか泣き止んだ中村さんにも、その後の人生で自分の声を人に聞かせなければならない瞬間があっただろう。どう乗り越えただろうか。長く出来なかった分、出来たときは、きっと普通の人よりも何倍も何倍も、うれしかったのではないだろうか。

産声のような声をわたしは想像する。

成績は中位だったと思う。とりたてて強い個性は持たず、いつも誰かの背後にいて、人から見えにくいところがあった。色が白く、おかっぱの前髪が揺れていて、その下に心細そうに下がる眉毛があった。誰かを攻撃したりするようなことは決してなかった。

目立たない中村さんも、泣くときだけはひどく目立った。泣くことにおいては女王のようだった。中村さんが泣き始めると、みんな、女王にひれ伏す兵士になった。そうしておとなしく彼女が泣き止むのを待った。

あるとき、わたしは「ソフィーの選択」という映画を一人で観ていた。映画館の暗闇のなか、読んだことのある詩が、メルリ・ストリープ演じるソフィーの声で聞こえてきた。

エミリー・ディキンソンの、「わたしは「死」のために止まれなかったので――」。

あっ、知っているとわたしは思った。この詩、知ってる。鳥肌が立った。字幕に現れたのは英語だったかしら。日本語だったかしら。両方だったかもしれない。

ソフィーはアウシュビッツの生き残り。かつて二人の子どもとともに収容所へ送られた際、二人のうち一人を選べば、もう一人は助けてやると、選択を迫られた過去を持つ。子供は男の子と、その妹の小さな女の子だった。彼女は選べないと叫んだが、最後ついに、男の子を手元に残し、小さい娘を、「連れていけ」と手放す。

選べないものを選べといわれ、そして彼女は選んだ。ソフィーは生きながらにして裂かれた生木のようだったろう。裂傷はついにふさがれることなく、はるかな歳月がたったある日、彼女は恋人だった男と死ぬ。

そういう女の音読する声で、わたしは初めて、「わたしは「死」のために止まれなかったので」という詩を聴いた。

それまで、わたしはこの詩を黙読していた。自分の内に響く自分の声は決して外に出ていくことはなかった。でもそのとき、わたしは奇妙にも自分の声に出会ったような気がしたのだった。何かとてもよく知る何かが、向こうからやってきてわたしにぶつかった。

以来、あの詩は、わたしにとって特別な一編になった。


わたしは「死」のために止まれなかったので——

「死」がやさしくわたしのために止まってくれた——

馬車に乗っているのはただわたしたち——

それと「不滅の生」だけだった。

'Because I could not stop for Death—'「わたしは「死」のために止まれなかったので──」冒頭（『対訳　ディキンソン詩集』──アメリカ詩人選（3）亀井俊介編　岩波書店　一九九八年）。

「死」と「不滅の生」と「わたし」を乗せた馬車が、生涯のなかを走っていく。途中、子供たちの遊ぶ学校や、穀物畑を通り過ぎ、やがて沈み行く太陽を過ぎる。ディキンソンはそこで、「いやむしろ──太陽がわたしたちを過ぎた──」と言い直している。いつだってわたしたちが生という名のチューブのなかを生き急いできたはずだった。しかしもっと遠大な目で見れば、大きな太陽の光が一瞬かざし、わたしたちの上を通りすぎていっただけ。

やがて馬車が、最後に行き着いたところは、屋根もほとんど見えないくらいに土のなかに埋まった、朽ち果てた「家」の前。

映画「ソフィーの選択」とこの詩のあいだに、具体的な類似点は見つけられない。しかしソフィーの読む詩として、これ以外には考えられないくらい、この詩と声はひとつのものだった。ソフィーの声はディキンソンの詩の皮膚のようであったし、ディキンソンの詩の冷え冷えとした感覚は、ソフィーの声の底を突き破り、彼女の骨にまでも染み渡ったと思われた。

だがあの声はもう、ここにはない。映画を観ていた時間のなかに消えてしまったのだから。けれど想い出すとき、それはまだどこかを漂っていて、近くに行きさえすれば、蛍のように手のなかへふっとつかめそうな気がしてくる。

声に身体はないのだから、誰にもその姿形を見ることもできない。しかしその存在を確かめることはできる。

泣き虫だった中村さんは、いつかどこかで自分の声と出会っただろうか。

記憶のなか、そこだけ白く繰り抜かれている、聴いたことのない中村さんの声を、わたしは時々想像する。想像するとき、中村さんは泣いている。わたしもつい耳をそばだて、何かをじっと待つ姿勢になる。

泣かないで。中村さん。あなたの声を、どうぞわたしに聞かせてください。

王子とミイラ

「清澄白河」の駅から元区役所通りを抜け、木場方面へと歩いていく。途中、こんなにあったかと思うほど、寺と墓所に出会う。小さな寺から大きな寺まで、この町は寺だらけといってもいい。寺と寺の間にはぎっしりと民家があり、そのなかに、以前はなかった菓子工場を兼ねた即売所（とてもおいしいソフトクリームが売られている）やカフェ、新しいセンスの洋服屋が、元からあったような顔つきで同居している。

思えば寺は、意識もしないくらい当たり前のものとして身近にあった。子供のころ時々遊んだのが近所にあった浄心寺で、「浄心寺」という言葉自体が界隈の人々にとってお守りの札であり、浄心寺へ行ってくるといえば、親は安心して子供を送り出してくれた。境内はかなりの広さがあり、夏は盆踊り大会が開かれ、暮れにはお坊さんが百八つの鐘を突いた。

あれはいくつくらいのことだったろうか。あるとき浄心寺を通りかかると境内に、噂には聞いたことのある「紙芝居屋」がおり、子供たちが数人集まっていた。わたしは好奇心いっぱいで小さな群れに加わり、人の肩越しに初めてそれを観た。周りにいるのは見知らぬ子供ばかりで、いつも遊んでいた仲間とは違う。

紙芝居屋は自転車に乗ってきていた。おじさんは無口のうえ、どす黒い顔をしていた。機嫌も悪そうだったし笑い顔を見せなかったが、集った子供たちは、それが当たり前のようで、まるで気にも留めていない。

おじさんは飴色になった古い枠木から紙芝居の分厚い紙を抜いてゆく。変な声色を使って台詞を読む。話の筋など、何もわからなかったが、絵のなかには別世界が広がっていた。驚くほど荒く乱暴なタッチ、古色蒼然とした暗い色調。眉のつり上がった男同士が烈しくせりあい、赤い血が踊っていた。男子のための武闘派紙芝居だったのだろう。あれほど無分別の匂いのする紙芝居は観たことがなかった。その内容にはまったく興味を覚えなかったものの、なぜかその場を離れられなかった。

合間には、おじさんが駄菓子を配った。無論ただのわけはなく、いっせいにあがった子供たちの手には十円玉が握られていたはずだ。ルールも知らないし、お金も持っていないわたしは、食べたかったが、はなからあきらめた。子供たちと紙芝居屋は、もうすでに一つの世界を共有しており、わたしはただそれを遠巻きに眺めるしかなかった。

小さいころから、わたしは紙芝居に熱狂してきたが、学校や図書館で見たのがほとんどで、読み手になってくれたのは、たいてい年上のお姉さんか先生だ。浄心寺の紙芝居屋は、そうした教育現場の外側にいた。四角く切り取られた小さな窓は、どこか後ろめたく懐かしい匂いのする闇に繋がっていて、どんな紙芝居よりも強烈な印象をわたしに残した。

昭和四十年代の東京深川。あれが紙芝居屋さんを見た最後ではないかと思う。

大人になり親になったある日、わたしは同じ保育園に通うおない歳の子供を預かることになって、ふと紙芝居のことを思い出した。調べてみると、図書館にあるらしいことがわかった。確かにあった。子供の本のコーナーに、あの恋い焦がれた紙芝居が選ぶのに迷うほど並んでいた。一瞬、ものすごいお宝の山に見えたが、宝もよく見れば、すれ切れ、ひどく消耗している。長く上演されてきたことの証でもあるが、もはや紙芝居は、はやらないのかもしれなかった。

紙芝居は「芝居」なのだ。観る側と観せる側とを残酷なまでにはっきり分ける。子供に読んで聞かせるといっても、それは絵本とはまるで違う世界のものだ。わたしは裏側にまわり、今度は読む「声」とめくる「手」だけを持つ黒子に徹しなければならない。

裏手の闇から観客席を覗き見る。食い入るように絵に見入る子供たち。かつてのわたしがそこにいた。輝くばかりの彼らこそ観るべきものだったが、同時にわたしは不可能も願った。一度でいいから向こう側にまわって、自分の読んでいる紙芝居を自分自身で観てみたいと。

子供が小さかった時期はずいぶん紙芝居を借りたものだが、一番記憶に残っているのがオスカー・ワイルドの「幸福の王子」だ。

ある街にぴかぴかの王子像が立っていた。両目にはサファイア、剣にはルビー、全身には金箔が張られている。彼はその位置から町を眺め、日々、貧しい人々に同情を寄せていた。あるとき、彼はツバメにたのむ。自分の身から宝玉をはずし、貧しい人々に届けてくれと。ツバメは一つずつ、取っては運ぶ。王子は最後、ぼろぼろのみすぼらしい銅像となり、その足元にはツバメがひっそりと死んでいた――という話。わたし自身、子供のときから幾度も読み返してきた本で、どうしてだかはよくわからないのだが、物語の核にある魅力がすり減らない。

紙芝居になった「幸福の王子」は、柔らかなパステル調で描かれていて、わたしの好みとは違ったものの、この物語の哀しみがそれで減ることも和らぐこともなかった。目からサファイアがはずされるところは何度読んでも哀しかった。王子はいよいよ、何も見ることができなくなる――。そんな話をなぜわたしは繰り返し読むのだろう。

自ら望んで輝きを失い、奪われ続けながら、命を落とす王子。そしてその足元で翼をたたむツバメ。死とはきっと、そのように冷たく無表情なものだろう。しかしわたしたちは、王子がぼろぼろになっていけばいくほど、そこから湧き出す、法悦にも似た光を想像する。錆びた銅像のどこに、そんな輝きが眠っているというのか。不謹慎なことに、それは歓喜といっていい感情なのだ。

不謹慎と書いたのは、わたしが今、とりあえず物質的な安定のなかにいて、そこから王子を眺めているから。もしわたし自身が、何もかもを失ったみじめな状況にいたら、王子のみじめさはただのみじめさ。そこに崇高さや喜びを見い出す余裕は、持てなかったかもしれない。

だがそれをおいても、わたしたちはどこかで王子のような究極の姿を求めている。この世で身にまとう何もかもを捨てた、解脱の姿。

そこまで思ったとき、不意に山形の「即身仏」に連想が飛んだ。かつて壮絶な修行を行い、ミイラとなって祀られた人々がいた。庄内地方には、今も六体の「即身仏」が現存するという。

肉食を絶ち、山の木の実や草だけの半断食(木食修行)、最後は土中の穴に入り(土中入定)、息途絶えるまでの修業を積む。土中から掘り出され、完全なミイラとなったものが即身仏として祀られ、人々に宗教的解放をもたらしたといわれる。

この仏のことは、山形鶴岡市に生まれた詩人、阿部岩夫が『月の山』という迫力ある詩集に書いている。この詩人もまた、生前は、ベーチェット病という難病に苦しみ続け、最後は肺炎で他界した。その一族には、かつて死の病いといわれた難病を負い、即身仏にすがりながらも、最後入水したという義母もいた。

死の山の
黒褐色のミイラの
皮膚の温色にふれると
差別を胎んだ人びとの怨みが
家のなかにあさい光をはなち
みえない反撃の未来となって
形をおび襲ってくる

「死の山」より
(『月の山』阿部岩夫　書肆山田　一九八三年)

ぼろぼろになった幸福の王子は、まさにあの即身仏ではなかったか。

和音

そろばんや水泳、習字に学習塾と、気づけば同級生たちは、学校が終わってから何か一つくらい習い事をしていた。わたしの場合は何もない。放課後はすべて自由時間だ。

学校では緊張を強いられ、自分を解放できなかった。いっときは楽しい時期もあったのに、総じてそこはわたしにとって監獄のようなところだった。授業が終われば一刻も早く一人になりたい。わたしはそんな、暗い子供だった。

両親は両親で、商売をやっていたから忙しく、子供に対しては挨拶とか箸の持ち方などの基本的なこと以外はほとんど何も言わない。勉強しろ。宿題はやったのか。そういうことを言われた記憶もない。圧力皆無で、その点は自由だったが、遊び呆けていて失敗もした。漢字の書き取りテストがひどい点数で返ってきたとき、ああ、人間は少しの努力をしなければ合格点をとれないのだとようやく気づいた。その瞬間を今でも鮮明に覚えている。あれもひとつの「覚醒」だろう。

とはいえ、放課後、学習塾へ行くなどということは、わたしの場合、まったく考えられなかった。そんなこと、やってられない！　絶対嫌なこと、どうしてもやりたいこと。それが子供でも明確に見えていた。幸い、親は何も言わない。圧力がかからないから、自分で芽を出すしかない。

ある日、「ピアノが習いたい」と、親に切り出した。

多くの大人は考える。子供は自分のことなんか、まるで分かっていないと。だからよき親ほど、子供の意志が芽生える前に、未来への道筋を「可能性」と考え、前もってあれこれ敷いてやったりする。だが子供自身には言葉にしないだけで、くっきりとしたそれが見えていることがあるのだ。あのときのわたしがそうだった。「これだ」という、石の様な感触のものが、触れるくらいはっきりと見えていた。

わたしの熱心な願いは通じ、親は家の近くのＹＭＣＡへピアノを習いに行く筋道をつけてくれた。妹もいっしょに通うことになったが、虫を愛し運動の好きだった妹がピアノをやりたいとは言うはずがない。妹には気の毒だが、ついでにくっつけられた可能性が高い。

習いに行くことになったのはよいが、問題は楽器だった。当時も今もピアノは場所をとるし、値のはるものだ。わたしはしばらくのあいだ、「紙の鍵盤」で練習することになった。そのあいだ親は、金銭の算段をつけていたのだろうと思う。

紙のピアノは音がしない。練習といってもひどく虚しい。わたしはピアノの肉体が欲しかった。だからミシン台をピアノに見立て、そこへ紙を敷き、弾く真似もした。いつか本物のピアノを弾けるようになるのか。わたしは不安でならなかったが、しかしそれはある日、唐突にかなえられた。

ある朝、学校へ行く前に、母が言った。「今日、ピアノが届くわよ」。不幸にしろ、幸せにしろ、何かがやってくるときというのはこうしていきなりだ。そしてそれがきっかけになって、生きる方角が少し変わる。

ピアノが家に来てからというもの、わたしはますます早く家に帰りたい子供になった。「家にはピアノが待っている」。ピアノが在るということがわたしを支え、わたしの生きるよすがになった。

ＹＭＣＡでは最初ほっそりとした女の先生に教わり、それから数年後、今度はぽっちゃりとした先生がやってきた。ほっそりとした先生の妹だということだった。ぽっちゃりとした先生がいらっしゃらないときは、数回に渡って特別レッスンと称し、男の先生が見てくださることもあった。

男の先生は湖水のような静けさと美しさをもっていて、後年、光源氏を知ったわたしは、あの先生こそ光源氏だったと思う。その優しさは子供ながらに警戒心を起こさせる類のものだったけれども、彼の情熱は本物に思えた。わたしのミスをいくつかただすと、技術的なことにはほとんど何も触れず、音楽の流れやよろこびといったものを静かに説く。

わたしはすっかり音楽少女となり、下町の密集した住宅環境のなかで、近隣迷惑をまるで考えずに、毎日ピアノの練習にはげんだ。

学校でまるで居場所のなかったわたしが、ピアノのおかげで少しは息を吸えるようにもなっていた。音楽の先生は生野先生というベートーベンのような風貌の方だった。眼光鋭く、頭がハゲかけていて、少なくなった長い髪がふわふわと頭の上で舞った。あたかも狂気の熱風に舞い上げられているようだった。先生はわたしにピアノの伴奏をさせた。みんなは歌い、わたしはピアノを弾き、先生は指揮をする。伴奏用の楽譜があるわけではなく、教科書には歌のパートが印刷されているだけだが、わたしはそれをもとに、いつも適当な伴奏を考えた。

あるとき、ある曲で、すばらしいコード（和音）を発見した。発見といっても、すでに誰かによって見つけられていたものに違いない。だがそのときの自分にはまさに発見だった。これでもない、あれでもない、何かもう一つ……と思い、鍵盤を押さえていくうちに、「偶然」探りあてたのだ。うわっと思った。一つの音に別の音を重ねただけで、なんという美しさが生まれるのか。

音楽のよろこびを表現するとき、わたしたちはたいてい、それを精神的な、魂や心を震わせるものとして伝えるが、わたしはそれをもっと直接的な肉体のよろこびと言ってみたい。それは激しい快楽の経験。神経の興奮状態だ。ぞくぞく、わくわくして皮膚があわだち、震え、のけぞって、叫び出したくなる。

わたしがその時感じたことを、生野先生は棒を振りながらただちに理解した。「おっ、今日の伴奏はいいぞ」。ピアノを始めて二年目くらいのことだった。

自分の感じた音楽のよろこびを、同じとき、同じように感じる人がいる。このことは、和音の発見以上に、わたしを驚かせ、よろこばせたはずだ。何が起きたのかを言葉にはしにくいが、音と音、人と人とが、重なり被さり関係しなければ、生まれてはこないできごとだった。あのときわたしは、もうあえて音楽と呼ばなくてもいいような、よろこびの原点に触ったのかもしれない。

飛ぶ夢、落ちる夢

飛ぶ夢を何年も見続けた。だがいつからか、見なくなった。しかしこう書いたそばから、いや、昨日も見た、ただ忘れてしまっただけなのだと言いたい気持ちがわく。そしてそう書いたそばから、いや、そんな夢は幼年時代で終わったはずだとも思うのだ。

残っているのは、生々しい現実感を伴った、あまりに確かな「飛んだ」という記憶。抽象的な観念ではない。わたしの腕と足が覚えている。

どう飛べばいいかを、わたしは知っていた。夢を重ねるたび、飛ぶことにも習熟していった。足でトンと地面を蹴る、そしてふわっと浮き上がる。そのときの快感は独特なものだ。ぐわんぐわんと上昇し、傾斜をつければ、思うがまま曲がることもできた。

身につけた方法で広場のようなところを飛んだ。天井のある部屋——おそらく「教室」だったはずだ——も飛んだ。わたしは天井の隅から教室全体を見下ろした。

飛ぶことは、やがて夜の夢をはみだし、昼間の時間にまで染み出してきた。あれはいつのことだったか、昼の覚醒した時間を生きていながら、「わたしはいま、ここでは飛ばないが、飛ぼうと思えば、いつでも飛べる」と思ったことを覚えている。苦しい、思いつめられた時間に生きていたのだろうか。比喩でなく、わたしは自分のなかの「飛ぶ能力」を信じていた。体の芯のところに飛べるということが自明のものとしてあり、昼間の充実あるいは鬱屈は、本来広げられるはずの翼を折りたたんでいるところから来るものだと、わたしの頭でなく肉体が知っていた。

一方でわたしは幼いころから、落ちる夢もしばしば見た。落ちるというより飛び降りる夢だ。気がつけばこれも、見なくなったように思う一方で、いや、昨日も見たのではなかったか、ただ忘れているだけだと言いたい気持ちがわく。飛ぶ夢同様、落ちる夢も、日常をつくるエネルギー源のようなもの。無意識を育む温床のような感触がある。どちらにもある過剰さが、夢をはずれ、昼間のわたしを支配していた。

崖のようなところ、切り立つ岩、途方もなく高く長く続く階段。おなじみの場所もあれば新規の場所もある。決まっているのは、とにかくいま、飛び降りなければならないということだ。

上か下か、その方向が違うだけで、落ちることも飛ぶことに変わりはないとも言える。だがここは地球で重力がある。飛び降りる夢には、飛ぶ夢と違って遊びがなく、そうしなければならないという義務感だけがあった。そのときは、あれほどリアルだった飛ぶ力が自分にあるなどということは考えもしない。あきらめと勇気が同時に来て、わたしは飛び降りる。

おそろしさで髪が逆立つが、どんなに高いところからでも、無事、着地し、死ぬことはない。着地した足の裏には、快感ではなく安堵だけがある。だがそれも一瞬のこと。再び次の、飛び降りなければならない恐怖が背後に迫っている。生きるのはしんどい。安堵は束の間だ。確認したら、また飛び降りなければならない。わたしはそうして、永遠に続く観念の環《わ》のなかに入ってしまう。

あるとき、叔母と妹と一緒に三人で公園を歩いていた。わたしが七歳くらい、だとすれば一つ違いの妹は六歳だ。コンクリートの塀があった。塀があれば子供は、その上を歩きたい。今から思えば大人の腰くらいの高さだが、当時はもっと高く思えた。歩くには幅が狭いようにも思えた。怖さもあって迷っていると叔母がさらっと言った。歩いてごらんなさい。その言葉は何気ないようで逆らえない響きを持っていた。叔母は決して意地の悪い人ではない。むしろ優しい。その声は、こんなところ、なんでもないでしょう、きっと楽しいはずよと言っていた。叔母はきっと、わたしたちが塀の上を歩きたいと思っていると思ったのだ。子供とは、そういうちょっと危険なところを歩きたいものであると、おそらく自分が子供だった頃を思い出しながら思ったに違いない。ただ、大人である叔母とわたしたち子供とでは、持っている「ものさし」が違う。

「歩いてごらんなさい」という呼びかけは、最初、二人に向かってなされたはずだ。だとしたら、わたしは拒否したのだろうか。気がつくと妹だけが塀の上を歩いていた。叔母にもわからない方法で、わたしと妹だけがわかるような方法で、わたしがきっと仕向けたのだろう。わたしはずるい。塀の上を歩きたくなかった。けれどそれをはっきり表明できる性格ではなかった。

妹は塀の上に素直に乗った。最初は叔母も手をつなぎ、下から妹を支えていた。妹も嬉々として見えたが、その顔に少しばかり恐怖が浮かんでいることをわたしは知っていたと思う。塀は長く続いていた。どこかで、「もうここまでにしよう」と誰かが言う必要があった。だが誰もそれを言い出さなかった。だいぶ来たとき、叔母が手を離した。なぜ離したのだろう。妹は何の支えもなしに一人で狭い幅の塀を歩くことになった。危ないと思った。落ちるなと思った。

そのとたん、妹は落ちた。わたしはただ見ていた。コンクリートの地面に叩きつけられた妹は足と手をすりむき、相当に痛い思いをした。血が出ていた。わたしたちは青ざめた。青ざめながらわたしは思った——落ちるのは当然だ。最初から妹が落ちると思っていた——その通りになった現実に、わたしはふるえ、同時に腹をたてていた。それから静かに怒りのようなものがきた。叔母を責めたい気持ちがあった。叔母はなんてのんきなのだろう。なんて無知で鈍感なのだろう。子供のことを何も知らない。何も知らないくせに、塀の上に子供を歩かせる静かな権力を持っていて、それを行使した。そしてそんな叔母に妹を委ね、そんな塀に妹を追いやったわたしは悪人だ。ひどい姉だ。

妹が落ちる時の恐怖はわたしのものでもあった。妹は怖かったはずだ。妹が歩いているとき、わたしが怖かったのだから。肉体はまったく別でも、わたしと妹とは同体、同感情の、くっついているところがある。今でも多少そうかもしれない。

そして今、わたしは妹を常に矢面に立たせ、塀の上をずっと歩かせて来たような気がしている。妹は危険な塀の上をわかっていて率先して歩く人間でもあった。歩いてそして落ちてしまうこともあった。

ずるく臆病なわたしは常に地面の感触を確かめながら、「飛べる」と、大人になった今でもどこかで思っている。かつて肉厚だった翼はだいぶ擦り切れ、雑巾以上にぼろぼろなのに。ばさばさというあの不穏な羽音をたてて、わたしはまだ飛べるのだろうか。

いずれにしても、トンと地面を蹴る勇気が必要だ。蹴りさえすれば、ふわりと上昇する。上昇はやがて下降に転じ、それからゆるやかに落ち続ける。落ち続けて、いつか地面に酷くたたきつけられる。その痛みをわたしはもう幾度となく知っているような気もするし、まだ本当には知らないような気もする。

クリスマスの手袋

クリスマスの朝、枕元にプレゼントが置いてあるなんてことは、子供時代に一度として経験したことがない。だからサンタクロースの存在を信じたこともないし、クリスマスに親から何をもらったかなんて話題も、よその世界の話だと思ってきた。

ファンタジーというものが住み着く隙間もない現実的な我が家だったが、それはどこか、母という人に似ている。母はわたしに夢を見させてくれる人ではなく、夢を覚まし、打ち砕く人だった。しかしそういう人が、わたしには必要だったのだろうと思う。

とはいえ我が家に、クリスマスという日がなかったわけではない。その夜は、長男である父の家（我が家）に、結婚した叔父や叔母、その連れ合いなどがにぎやかに集まり、長机を出してパーティーらしきことをするというのが、ある時期、数年間の習慣になっていた。

記憶に残っているのは、九歳のころのクリスマスだ。普段は暗い納戸に置かれた母の三面鏡が、その日だけは仏間に移されて、小さなクリスマスツリーの飾り台となる。誰の発案だったのだろう。おそらく母だ。

ツリーは小さくしかも一個しかないわけだが、三面鏡のちからで、点灯する灯りも一挙に三倍。とてもクリスマスらしいあでやかな空間が出現する。夢を打ち砕く覚めた母は、一方でどのようにすれば人が夢を見ることができるのかという、その仕組み自体はよく知っていた。じつにそれらしい空間を作るのがうまく、ひな祭りにしろ、子供たちの誕生日会にしろ、少しの工夫でわたしたちに一瞬の夢を見させてくれた。

クリスマスの夜もそうだった。ことさらお金をかけたものではなくとも、手作りの、いつもとは少し違う華やかな料理が食卓に並び、叔父叔母は一様に、「お義姉さん、大変だったでしょう」と母をねぎらう。母は本当に頑張ったと思う。子供たちはまだ小さく、当時はすでに祖父がおらず、家事能力のない祖母を立てながらも、なんでも一人でやらざるをえなかった。子供たちの枕辺にプレゼントを置くなんて、そんなおしゃれなことは考える余裕もなかっただろう。

料理の最後には、いつも母が天火でせっせと焼いた「焼きりんご」が出てきて大人たちを喜ばせたが、わたしはどうしても好きにはなれなかった。

嫌といえば、皆の前でジングルベルを歌わされたり、ピエロのような三角帽をかぶらされたりするのも嫌だった。けれど写真のなかのわたしはどれも楽しげに笑っている。クリスマスの日には、大人も子供も少しだけ、「クリスマスの日のわたし」を演じる。そんなふうな笑い方だ。

ある年、一度だけのことだが、わたしと妹は忘れられないクリスマスプレゼントをもらった。親からではない。叔母からだ。

この叔母には子供がおらず、叔母夫妻は、何かの機会をとらえて、よくそんなふうにわたしたちにプレゼントをくれた。子供をもつ親は、わたしもそうだが、他人の子に対し、自分の子の延長でとらえる。そこには「狎《な》れ」のようなものがあるが、子供のいない叔母は相手が子供でも距離をおき、大人のように尊重し、ちょっと遠慮しながら、吟味したという感触の残るプレゼントをくれる。

リボンを解き、箱をあける。なかから現れたのは赤いスエードの革の手袋だ。手首のところに白いうさぎの毛の縁取りがついている。グリム童話のなかのお姫様が身につけるような手袋だ。

当時わたしが身につけていたのは、母の編んだ毛糸の手袋。親指以外は袋状態になっている、いわゆるミトンの手袋である。かぎ針編みで、青色とピンク色が縞模様になっている。わたしはその色彩がどうしても好きになれなかった。むしろピンクだけ、青だけであったのならよかったのに、この二色が組み合わさると、なぜだか生理的な嫌悪感がわきあがる。その理由は今もわからない。どうしてもその組合わせが嫌なのだ。けれど文句を言えるわけもなかった。それをはめなければ、寒い思いをして、手にあかぎれをつくるだけ。

しかし嫌なものを嫌だと思いながらはめているうち、あきらめなのか慣れなのか、だんだんとそれがどんなものより、わたし自身のように思えてくる。あの不思議な感覚は一体なんだろう。嫌だ、嫌だと思うものこそが、自分自身を作っていく。

比べてうさぎの毛のついた赤い手袋は、わたしが永遠にあこがれる何か。「わたし自身」にはなりようもない何かだ。それはいつも、わたしの外にある。確かに学校にしていくには上等すぎた。みんなに騒がれるのは目に見えていた。子供社交界みたいなものがあるとして、そんなところだったら似合うかもしれない。

実際、あの手袋をわたしはどんなところへはめていったのだろう？　驚くべきことにまったく記憶がない。

記憶にしみついているのは、繰り返すが、嫌だなあと思いながらはめていた手袋のほう。なくなってしまえばいいと思ってみても、右と左が毛糸でつながっていたものだから、ついに落とし物にさえ、なってくれない。消耗され、使い古され、大人になる途中のどこかで、それは役目を終えただろう。

けれどわたしは、赤い革の手袋を忘れたわけではない。冬、デパートの手袋売り場で同じような手袋を見ると、今でもちょっと眼がとまる。毛糸で編んだものよりは、相当に高い値がついている。いいなと思い、一瞬迷う。自分がはめたところを想像する。でも買わない。買うのはいつも、結局、毛糸の手袋だが、ピンクと青の組合わせではもちろんない。探そうとしてもあんな手袋は、母以外の誰も作らない。

父のカード

ふくよかな祖母が湯船に入ると、いっぱいの湯が風呂桶をざざざあっと溢れでる。こぼれた湯の分量が、すなわち祖母の体積である。さあ、計算せよ。算数の例題にはなりそうだが、覆水は盆に返らず。あふれた湯は、いずこへか流れ去る。

祖母にとって贅沢で至福のひとときだ。お湯の時間は一日が無事に終わったことの証でもある。たくましく溢れた湯の音にまざって、「あーあ」という溜息も聞こえ、それは快楽があげる声にも、深い悔恨の声にも聞こえた。

生きることは難儀だった。湯を溢れさせないことには晴れない鬱屈があったとして、それは言葉にはならないものだったろう。実際、祖母はそれを口にはしなかったし、もしかしたら自分がそんな鬱屈を持っているということすら自覚しなかったかもしれない。ただ、あの行いは、溢れさせないことにはどうにも収まらないというように、至極当然に続けられた。あれこそ、日常にあいた非常口だったのかもしれない。

嫁だった母は、もっぱら現実的、経済的理由から、そんな祖母のふるまいを冷ややかに見ていた。湯船に入る前に体を洗い、お湯を前もって減らせば、溢れさせるようなことはないのにと、言われればその通りとしか言えないことを子供だったわたしにつぶやいた。同じことを当人に告げたかどうか。言って聞くような祖母ではなかったが。

祖母の側に立てば、わかっていてだめなほうを選んでしまうこともあるし、無駄とわかってもやってしまうものだと、擁護してあげたい気持ちはある。

人はどうやって自分をなだめているのか。どうやって、気の抜ける逃げ道をこしらえているのだろう。

祖母は隙間の多いひとだった。無駄を重ね、人にだまされ、よく笑い、買い物が好きだった。商家のおかみさんとしては、まったくダメな妻であり、それがなんとなくの、皆の共通認識だったが、死んだ祖父は、そんな祖母を見限りながらも、怒らずどこかで許し暮らしていた節がある。そしてよくできた嫁である母に、一家のお金の状況、楽しく生活するコツなどを、折々、遺言のように語っていたらしい。

例えばその一つが、「お金をかけなくていいから、四季折々の行事や、家族の誕生日、入学祝いなど、節目の行事だけはきちんとおやりなさい」というもので、これはわたしなども心にとめて生きている。五月人形を飾ってやれなくても、菖蒲の葉っぱをお風呂に浮かべるだけで、なんとなくうれしい。生活が華やぐ。家族とは実に面倒なものだが、束の間、この世を生きる、最小単位の仲間でもある。なぜだか不思議な縁に導かれ、小さな舟に同乗しているが、この船旅は永遠に続くわけではない。いつかは終る。ばらばらになる。

あのころ母は台所などで、一人静かにタバコを吸っていることがあった。あれが母なりの鬱屈の晴らし方の一つだったのか。知らない人がそこにいるようで、子供だったわたしはどきどきした。タバコを吸うことくらいなんでもないことなのに、罪を犯しているような雰囲気があり、実際、母は、その行為を小さい悪事のようにして、わたしたちには隠していた。けれども家族はみんな知っていた。知っていて特に口にすることもなかった。

商家の嫁として想像できないくらいの苦労をし、体が健康だったこともあり、人一倍働いた母は、本当はたばこくらいでは解放されないものを抱えていたはずだ。逃げ道はタバコでなくともよかったのだと思う。ともかく何か、人には告げえない秘密の行い、秘密の儀式というものが母には必要だった。母だけではない。人にはきっと。

お酒を飲めない父は、夕食のあと時々トランプをした。後に「クロンダイク」という名を知ったが、一人で行う遊びである。1枚から7枚まで階段状に7つの山を作り、それぞれ最後のカードだけめくっておく。残りの山札（場札）と手持ちのカード（手札）を使いながら、数字を赤黒交互に、13から1へと並べていく。伏せられたカードがすべて開けば、大変ラッキーなこと。だがそんなことはめったになくて、たいていは途中で行き詰まってゲームは自然消滅となる。

「クサッタ」と父は言い、カードをぐしゃぐしゃに混ぜる。そうしてまたカードを切って新しく並べ始める。そんなことを何回か続けるが、どこでおしまいにするかは、父も知らない。父の心も知るまい。節くれだった指だけが知るというように、指先が動けばゲームは再び開始される。祖父もやっていたというその一人遊びのトランプ。教わった記憶はないが、時々、わたしもやることがある。

簡素極まりないゲームだけれど、伏せられたカードをひっくりかえすとき、小さな期待や希望が泡立つ。泡立っては裏切られ、失望したりもするが、また、次の期待でカードをめくる。プラスチックカードのひんやりとした感触は、誰とも共有しないわたしだけのもの。裏が次々表になって、世界の謎が剝かれていく。えんえんと何もしゃべらずにそれをやり続ける父を見て、どこが面白いのだろう、なんて陰気なゲームだろうと思っていた。

同じことを自分も続けながら、ぼうぼうと草のはえた荒地を均しているような気分になってくる。

「何やってるの?」と子供が聞く。この子にはこんな陰気なゲームを引き継ぎたくはない。そう思いながら、でもこんなものでも慰めになる日がきっと来るような気もして、それは必ずしも幸せなこととは思わないにしろ、「簡単よ。赤黒交互に数字を並べていくの」と言う。子供の目が輝き出す。

カードの照り返しが、光のように父の顔を照らしていたこと。同じ顔に、今度は別の瞬間、さっと影がさすこともあった。やがて飽きが来て、祖父は、父は、わたしは、一人遊びから足をぬく。全て遊びを切り上げるときには、清々しい寂しさがある。

こんなばかばかしいことをいつまでやっているんだ。さあ、そろそろ切り上げなさい――それはわたしのなかから湧く、聞いた記憶のない祖父の声である。そのばかばかしいものになぜ人は耽溺するのか。耽溺から再び立ち上がるためにこそ、耽溺する必要があるというように、父も祖父も背中を丸め、一人、沈んでいった時間があった。

ゲームを終えたトランプカードは、どこかよそよそしく他人の顔をしている。丁寧に四隅をそろえられ、箱のなか、とても静かに固まっている。人の鬱屈や罪を吸い取った分、たぶん、少しだけ重みを増して。

女以前

ある日、友達の家へ行く。

女の子数人。あたたかな昼間の部屋。

いつしか遊びに飽き、なんとなく手持ち無沙汰になったときだ。気づくと一人の女の子が、うつぶせになって下半身をもごもご動かしている。その家の娘だった。何してるの？　と聞かなかった。もしかしたらその行為をすでにわたしは知っていたのだろうか。夜、朝、昼、時間帯を問わず、一日の隙間のような時間に、自分の指先が自分の生殖器に触れる。ある時は偶然に、ある時は好奇心から、そしてある時は意志をもって。そのようなときの熱を帯びた快感。

わたしたちはまだ小学校の低学年だった。同じ部屋にその子のお母さんもいた。お母さんはそのとき、ごまかすような、かばうような笑顔を浮かべ、私たちに向かって何かを言った。その言葉を覚えていない。

あの子を、仮にえりこちゃんと呼ぼう。えりこちゃんは誰に対しても怒るということがなかった。いつものんびりとした、気持ちのやさしい子で、傍へ行くと穏やかな気持になれた。後に見初められて、はるか年上の財閥と結婚した。

わたしたちはまだ初潮も知らなかった。しかし動物の直感と率直さで、気持ちのいいことと、いけないこと、そして、たとえ気持ちがよくても、いけないという範疇に入ることをすでに知っていたような気がする。

ひとときのうつぶせ運動から起きあがったえりこちゃんは、とろりとした目でわたしを見ると、ほがらかにつぶやいた。「こうするととっても気持ちがいいのよ」。

女という性にわたしたちは生まれた。だがそのことを、最初、どのようなかたちで受け止めたのだったか。

川風のそよぎ、差し込む太陽光、水のきらめき。校庭は土でなくアスファルトだったが、東京下町にも「自然」はあった。煙突から煙がたちのぼり、後に明らかになる土壌汚染が徐々に進行しつつあった頃だ。町には街路樹があった。木の影が伸びていた。夏になれば蟬が鳴き、道端には青いツユクサも咲いていた。わたしたちはそれらを全身の皮膚で受け止めた。

好きな子と手をつなぐのは無上のよろこび。嫌いな子と手をつながされるのは、全身がびりびりと震えるような嫌悪感。表皮が剝がれ落ちる皮膚炎の男の子と手をつながされたことがある。伝染るような気がして、ひどく気持ちが悪かったけれども、振りほどくことはどうしてもできなかった。

母のコートの襟についた、黒い毛皮に頰を寄せるのも好きだった。動物の毛にはうっとりするような感触があった。そしてあれは気持ちがいいといったらよいのか、むず痒いといったらいいのか、なんとも微妙な気持ちになったのが、散髪屋さんで最後、襟足にカミソリを当てられるとき。そそけだつ不思議な感覚は襟足にとどまらず腰のあたりにまで及び、そのこそばゆさは我慢できないものではない。我慢ならないのは、剃ってくれている散髪屋のおじさんに、それを気取られることのほうだ。だからわたしはいつだって必死に素知らぬふりをした。まったく何も感じていないふりをした。

そのようにして一つ一つ肉体に刻まれていったものは、まだその意味を知らない幼い頃は、すべてひとつの袋に入っていて、そこから、性的なものだけを引き抜いてくるようなことはできない。逆の言い方をすれば、自然との交歓も、人や物との接触も、すべてが性的なものであるということもできた。

その下にはふてぶてしい肉体が広がっているにしても、驚くべき鋭敏さをまとった幼児の皮膚である。それはただの薄い表皮ともいえず、何か心のようなものと直結している。いや、皮膚がそのまま心なのだった。

あのころわたしは、少年であり少女だった。虫や鳥、あるいは植物のようでもあったかもしれない。女の子であるという幅はいかにも狭く、わたしという存在はもっと広がりのある、「何でも屋」ではなかったか。だから女の子であることだけを押し付けてくるようなもの言いや人は、窮屈だと思った記憶がある。たとえばピンクという色をわたしは嫌悪した。赤も好きではなかったが、ピンクほどではなかった。ピンク憎悪は、単なる好みの問題？　それとも社会的圧力への反抗だったろうか？　あるいは、わたしのなかの性的混乱？

とにかく好むものは、たいてい男の子用として売られているデザインや色で、ランドセルだって、赤やピンクより黒がよかった。その意味では逆に狭い好みを持っていたともいえる。もちろんうちの親が用意していたのは赤いランドセルで、わたしは素直にそれを背負った。大人になった今は、赤いランドセルを買う平凡な親のほうをむしろ好ましく思うが、当時のわたしはそんな具合に、面倒な一面が頑固にあった。大人がすすめるのは、すべて子供らしい可愛いもの。だが子供が子供らしいものを好むわけではない。わたしのような子はきっと今もいるだろう。甘いものより、おつまみのようなものが好きで、カワイイものにアレルギーがあるような子。大人ってほんとにわかっちゃいない。わたしはすでに諦めを知っていた。

学校ではただ一人、安西さんという女の子が黒いランドセルを背負っていた。素敵だなとわたしは思った。だがそういうものを背負わされた子供は、案外、「皆と同じ赤いランドセルが欲しかった」などと思うものだ。安西さんの本音はわからないが、優等生の彼女はいつだって誇らしげに背筋を伸ばし、その背に乗った黒いランドセルも、そんな彼女にとても似合った。孤高と黒とが結び付いた瞬間だ。

あるいはまた、裁縫箱の注文が来たとき、わたしは迷いもなく青を選ぶ。ピンクか青か、好きな方を自由に選んでよかったが、実際、家庭科の時間になってみたら、青いのを持っている女の子はわたし一人だった。けれども、もう、恥ずかしいとは思わなかった。「青」は今に至るまでわたしの色だ。深い海の青からゴミバケツの青に至るまで、すべての青は、わたしの魂の色だと思う。

だが大人になったある日、自分の詩集のカバーに選んだのはピンク色の和紙だった。ふと、ピンクを使ってみようと思ったのだった。あれは一種の「解放」あるいは「解禁」だったのかもしれない。わたしはピンクと和解したのだ。女であることと和解したのだ。自費出版だったから希望は叶えられた。そして見返しの色には灰色を選んだ。灰色は青の次に好きな色だが、一般には、地味でくすんだ婆臭い色と言われる。喪を表す色でもある。だがわたしには、この上なく品格の高い色に思える。ピンクに取り合わせる色として灰色ほどふさわしいものはない。

女の子としての肉体を備えながら、まだ女であるといえなかったころ、すなわち性のまざりあったころの感覚を、今、わたしは懐かしく思い出す。もう一度、あの球体ごとき全身で、世界をくまなく感受してみたい。風、空、海とまざりあい、樹木に抱きつき、抱擁しあう。人はもうこりごりだ、花になりたい——そう思った七歳くらいのあの日から、わたしは樹木との性交を夢見ていたような気がする。幼年期の肉体は、皮膚を通して世界と交わる。生殖につながらない観念の性交。不毛の夢。侵入を許さない自己完結したオナニズムの世界。それはまた、一編の「詩」にも似ているのだった。

紐の生涯

このあいだ、渋谷のスクランブル交差点を暗い気持ちで歩いていた。何か考え事をしていたり、暗い気持ちを持っていたりすると、視線は自ずから下方へ向かう。

ふと横を見ると、高校生らしき男子の足元が目に入った。片方の靴紐が全部解けていた。右の靴は無事だった。その子は片方が解けたままの靴をはいて、まるで疾風のように歩き去っていった。

心が一気に解放されて、解けた靴紐、いいなあと思った。

足元だけが広げる世界がある。顔や体でなく、足だけを見る。色とりどりの靴があり、靴下があり、解けた靴紐がある。自由がある。自分の紐に足をかけて転ぶ危険だってないわけではないけれど、その子が驚くべき速さで消えてしまったこともあって、そんな心配はおしのけられてしまった。

後ろ姿を追いながら、心の内には解けた紐の残像だけが残った。歩きながら、そのリズムに言葉が次第に歩み寄る。それがかたまりになると、歌のような詩のようなものになっていく。帰宅してから、そのとき浮かんでメモも取らなかった言葉を紙の上に並べてみた。書いてみると、さきほどの現実がすこしずれて、また違うものが現れてくる。

渋谷のスクランブル交差点を
ひとりでつっきっていったきみ
きみ　かたほうの靴紐が
ほどけたままだよきみは
どこへ行くの
背中に
翼の芽が生え始めたきみは
会いにいくべき誰かを持たず
向かうべき場所があるわけでもない
燃えろよ燃えろ学校燃えろ

ののしられ
否定され
中傷され
ばかにされ
それでも敵を愛せと言われ
髪の毛とよぶな
あれはたてがみ

体が動くと心が動く。暗く一箇所にとどまっていた心にこうして血が通い、動き始める。後半に学校が出てきたが、ちょうどこれを書いているいま、各地で入学式が行われている。祝うべき新しい門出だが、その日を前に命をたつ子もいた。

わたしは学校が燃える夢を見たことがあるし、わたしの子供が、学校燃えろ、とつぶやくのを聞いたこともある。燃えろよ燃えろ学校燃えろ。そうつぶやいて、燃える学校を想像すれば、学校を燃やさずにすむかもしれない。

解けた靴紐から思いがけないところへ飛躍してしまった。解けた紐が、わたしのなかの凝り固まった血を再び押し流してくれたのだろうか。

解けた紐で思い出すエピソードがある。詩人の立原道造に関することだ。わたしは渋谷の交差点で出会った彼に道造の面影を重ねていたかもしれない。

詩人の杉山平一さんが、初めて立原道造に会ったときのことを書いている。まだ名乗らぬうちから、黒の編上靴の紐が全部解けている人物を見て直感的に、これは詩人だ、立原道造にちがいないと思ったという。杉山さんは東京帝国大学に学び、立原道造の後輩にあたる。見る者と見破られた者。両者のあいだに電流が走った一瞬だったろう。

ただ、病弱で二十四歳で亡くなった道造のこと、靴紐が解けているとわかっていても、きっちりと結ぶ体力・気力がすでになかったのかもしれない。知ってそのまま放置したとしたら、それはそれで少しせつない。

いずれにしてもポイントはあくまでも、靴紐を「解く」のではなく、靴紐が「解ける」という点にある。

意志を持たない靴紐が、まるで「我、解けるぞ」と決めたみたいに、するりと解けてしまう。解けるという自動詞自体に、無意識がうごめく気配があり、そこに感染したわたしたちは、紐を通して何か人の力の及ばぬ不可思議な領域に接触する。

結んだり解いたりしながら、わたしは何を触ってきたのだろう。

祖母や母は、家のなかに実に多くの紐類を所蔵していた。祖母は着物を日常的に着ていたから、常に何本かの布紐が必要だった。母の代になると日常着は洋服で、着物は特別の日の衣裳だったが、しかしそれにしては多すぎる数の布製の紐が、家のなかにごろごろしていた。縛られるものに比べて、縛るほうの紐の数が圧倒的に多かった。わたしが覚えているのは、縛るものがなくて、それ自体で結ばれ仕舞われている紐の姿だ。縛るものがないときに、紐はそうして自分自身を縛る。なんという面白い、あわれな姿だろう。

紐の管理者たち――祖母も母も、使わないなら処分すればよいのに、そういうことはまるで考えもしなかった。今は死んでいても、いつかきっと役に立つときがあり、そのときには息を吹き返すのだから――と言わんばかり。紐を生き物のように大事に飼育した。

布紐のほかに組紐もあった。組紐は紙袋の取っ手などに使われたり、服飾や手芸などの材料にもなる。家には色とりどりの組紐が、手芸店のようにロールに巻かれてごっそりあった。組紐は使えるようで使いようがない。しかし捨てるのには躊躇するところがある。結局、使われないまま、今、わたしの手元に来て、異様な存在感を発揮している。

紙紐もあった。こちらは菓子箱などを包んでいた使用済みのもの。丁寧にたたまれた紙紐は再び何かを縛ることを夢見ながら、結局、その多くは茶簞笥の奥で古びていく。

母たちが紙紐を必要としたのは、誰かに何かをさっと包んで差し上げるときに便利だからだった。つまり自分のためではなく、よそさまのため。昭和の生活には、直接、家を訪問しあうというゆとりの習慣があり、当然そこにはちょっとした物のやりとりが発生した。紙紐は買うほどのものではないが、あれば重宝する。それは物を結ぶばかりでなく、人の関係を結んできた。

形状は同じ「ほそながいもの」だが、紐より長い毛糸もあった。こちらは結べない。編み込むことになる。解けるにしろ、解くにしろ、その長さゆえに時間もかかる。編み物を見て思うのは、編み込まれている時間のことだ。紐の生涯を「詩」の潔さにたとえるなら、毛糸の生涯は、どうしたって「長編物語」になるだろう。

編み物の好きな母、出費を惜しんだ母は、自分が子供のころから手編みに勤しんできた。弟や妹たちのために編み、結婚してからは娘たちのために編む。

一度仕上がったものでも、解けば毛糸の再利用ができる。解いたものは洗い、汚れや癖をとり、他の毛糸を混ぜて、違うセーターに編み直す。

わたしはよく、セーターを解くのを手伝った。解くのは母。毛糸だまにして巻き取るのはわたし。向き合っての作業となるが、話がとぎれると、しゅるしゅると巻き取る音だけが聞こえる。その間《ま》のことを、むかし詩に書いた。書いてみると経験は抽象化され、母もそして巻き取っているわたしも消えた。二人のあいだの毛糸も見えなくなり、音も聞こえず、それでもただ、巻き取られていくものの気配があって、それを時間といってもよかった。

物たちを詩に書いてみると、こうして人間の姿が消え、かわりに命を得た物や、見えない、感じ取るしかないようなものたちが動き始める。その面白さ、不気味さは、幼年を生きた者たちなら、よく知っているはずだ。たとえ記憶に残っていなくても。

おじいさんと自転車

読み終わった古新聞は束ねて売る。紐をかけるのは女たちの仕事だ。きっちりとしばって結束する。これがなかなか大変で、密度の濃い、胆力と呼ぶような力が必要だった。たかが紐。しかし誰が見ても気持ちのよい仕事をなそうとすれば、そこには技術よりも前に気構えが必要で、働き盛りだった頃の母には、いつも歯を食いしばっていたという印象がある。

母はそうして、新聞紙ばかりでなく自分自身も縛っていたのだろう。一度だけだが、わたしも縛られた。何かとてつもなく悪いことをしたのだろうと思う。母は泣きながらわたしの手首に紐をかけ、鬼の形相で怒っていた。わたしも泣きながらあやまっていた。ごめんなさい、ごめんなさい、ごめんなさい。――わたしの声をわたしは覚えているが、何をしたのか覚えていない。いつもの母の怒り方ではなかった。怒った母が怖かったというより、母が見知らぬ女になって怒っていることが怖かった。手首を縛られたわたしは犯罪者のようだった。ごわごわした麻紐の感触。それが手首にくいこんで痛かった。母の力は予想外に強く、それが怖くて一層泣いた。

新聞紙は放っておくと、いつもいつのまにか溜まってしまう。あんたも結んでみなさいと母や祖母に言われもしたが、わたしの紐がけは頼りない。いつもふわふわした甘い結び方になってしまう。縛られる本体と縛る紐のあいだに、ずるずるとした隙間ができ、そこから何かが逃げていってしまう。

今、古新聞を紐で括るとき、わたしはある便利な道具を使う。掌に収まるほどのイルカの形をした結束器だ。古新聞に十字にわたした紐の末端を、鉤状の部分にかけくるくる回す。すると次第に紐が締まってきて最後は結束点が出来、完璧な「縛り」が完成する。こつさえわかれば、少しも難しくない。

自分のしたことながら、みとれてしまい、お見事！　と毎回、胸の中でほくそえむが、しかし仕事をしたのはあくまでも結束器。わたしはくるくると遊んだにすぎない。

この便利な道具は、十年近く前、とある文具店で実演販売されていた。そのときの実演者は職人風のおじいさんだった。派手な言葉もアクションもない。こんなふうにやるんですよ、誰にでもできますと言い、あとは黙々と紙の束を縛った。くるくるが、やがてきゅっとすぼまり、束のヘリに硬い紐の結束点ができる。なんという鮮やかさ。気持ちまでもがきゅっと結ばれ、空気が澄む。周りにはいつのまにか人だかりができていた。当時小学生だった息子と、気づけば最前列で釘付けになっていた。「お母さん買おうよ」と息子が言う。うん、買うしかないね。子連れのサクラと思われるかなと思いながら、わたしは先頭を切って、ひとつください、と言った。五百円くらいのものだった。

そんな「くるくる」もない昭和の下町。なんとかしばった古新聞を買い取りに来てくれるのは、こちらも地味なおじいさんだった。

おじいさんは、母や祖母にくず屋さんと呼ばれていた。無口な人で、玄関の戸を開けてのそりと現れる。長身の、うっすら髭の生えた、表情というものを持たない人だった。

玄関先に突っ立ったまま、鉤のついた竿秤で束の重さをはかる。子供だったわたしは、最初はおじいさんより秤のほうに目を奪われた。長く使われてきて飴色に光る棒。重さの目安に使われていた分銅のようなもの。そこには特権的な「専門」の匂いがした。

そしてすべての作業が終わると、おじいさんは祖母や母の掌に、小銭を置いた。五円玉と一円玉。赤銅色はあったろうか。雀の涙というけれども、泣き出したいようなわずかなお金だった。わたしの胸には衝撃が走ったが、大人たちの顔には感情が現れない。その金額を互いにのみこんで、もめるようなことも一切ない。古い新聞紙なのだから、今も昔も持っていってもらうだけでありがたいことだろう。しかしこの売買が成立するために関わった人間やその労働を考えると、あのわずかさにはどうしたって理不尽な驚きがある。おじいさんはこれを更に売るのだ。塵が積もれば山となるのか。塵はいくら積んでもなかなか山にはならないのではないか。塵が山に至る途方もない時の長さを思い、わたしは、目の前のおじいさんを改めて眺めたと思う。

おじいさんは最後に、回収した古新聞を家の前にとめたリヤカーに載せる。リヤカーの荷台には他から回収してきた古新聞の束がすでにいくつか積まれている。静かな過去という風情で。その光景にも見るべきものはあった。

リヤカーを引くのは自転車で、脇には黒い犬が繋がれていた。文字通り真っ黒なおとなしい犬で、吠えるところを見たことがない。

鎖を垂らしてとぼとぼとついていった、あの黒い犬もおじいさんだったのかもしれない。どこへ行くのも一緒だったと思う。「黒犬のひと」とおじいさんを呼ぶ人もいた。

最後におじいさんが来たのはいつだったか。わたしが覚えているのは冬の日のことで、わたしは居間で塗り絵をやっていた。塗り絵はノートになっていたから、一冊を終えると古新聞のように始末される。おじいさんがかつて回収したなかにも、わたしの塗り絵ノートはだいぶあったはずだ。

その日、玄関先で静かな作業を終えると、おじいさんはいつものように帰っていった。窓をあけると、黒い犬とリヤカーと自転車をこぐおじいさんの後ろ姿が目に入った。荷台の積荷はそうたくさんはなかった。おじいさんは肩をいからせ少し腰を浮かせながら、まるで若者がそうするように勢い込んで自転車をこいでいた。

このあいだ実家へ行った帰り、父が駅まで送っていくという。九十近い。心臓が悪い。帰りが徒歩より楽だと考えたのか、自分の古い自転車を出した。車の免許を返上して長い父も、自転車にはいまだに乗る。母もそうだ。送らなくていい、それに自転車は危ないとわたしは当然のことを言うが、親は聞かない。

駅で別れたあと、自転車で帰っていく父を見送った。よろよろふらふら。おじいさんの自転車は危なっかしい。なのにいったん走り出すと、黒犬のおじいさんがそうしたように途中から腰を浮かせ、少年のように漕いで行く。思わず笑った。

わたしがもっと歳を重ね、おばあさんになったとき、まさかもう自転車はこがないとは思うけれど、もしそんなことがあったとしたら、サドルをまたいだ瞬間に少女のころの記憶がふと戻ってくるかもしれない。やってみなければわからない。

おじいさんの姿が消えてしまったあと、古新聞はトイレットペーパーと交換されるようになった。「ちり紙交換」と呼ばれていたそれは、最後手元に、味気ないペーパーが手渡される。しかしその即物感は清々しい。あれは初めてトイレットペーパーというものに正しい光が当てられた瞬間だったのではないだろうか。

だがそこには、女の掌に載ったわずかな小銭のなまめかしさはない。おじいさんの胸元のほの暗さも、連れていた黒い犬の影も。

おじいさんと犬は、どちらが先に逝っただろう。

スイッチ

最初にお目にかかったのは二年くらい前のことだ。ご自宅で終末期の緩和治療を受けられることになり、わたしは三田村さんの、主に生活面でのお手伝いすることになった。

そのころ三田村さんは、まだ一人で立つことができた。好きな歌も歌えて、この道はわぁ……と始まる「この道」をよく歌っていた。なだめるような歌い方で、自分で自分に子守歌を歌っているようだった。視力もまだかすかに残っていて、わたしと目をあわせることもできた。

今はほとんど横になっている。その目が開くことはめったにないが、開くときには厳かな感じがする。石の門がみしみしと開き、周りのまつげが繊細にそよぐ。その奥からぼんやりとした光がのぞき、三田村さんの意思が見える。

かすれ声だが会話はできる。鋭いことを言うので油断ならない。「おいくつになられましたか」と聞くと、間髪入れずに答えが返ってくる。

「何度聞くんだよ、失礼な。アタシャ、今年で八十五、いや六だったか」

気が強い。特別の病名がついているわけではないが、すべての臓器が衰弱し、特に心臓の機能が弱かった。担当の医師は、いつ何があっても不思議はない状態だと言う。口が達者なのでそうは見えない。チームの面々は気をひきしめてはいるが、そういう方々のための「自宅ホスピス」なので、支えるほうの態度は常にたんたんとしている。冷たいようだが、誰かが生涯を終えるのを見ても、感情が大きくゆさぶられるということはない。この仕事をするようになって、わたしは泣けない女になった。

この頃思う。死は終わりではないと。昨日から今日、今日から明日へ、その流れのどこかに死がまぎれこんでも、流れ自体が止まるわけではない。

江東区白河二丁目。半蔵門線の「清澄白河」から十五分ほど歩いたところに三田村さんの住む古いアパートはある。住人は三田村さんをはじめ、一人暮らしの老人が多い。一軒だけ赤ん坊のいる家があって、その子が実によく泣くのだ。壁の薄いアパートで物音がなんでもつつぬけになってしまう。虐待も懸念しながら、気になって聞いた。

「あの赤ちゃん、よく泣いていますね、うるさくないですか」

すると三田村さんは意外なことを言った。「うるさくないよ、あんた、うるさいかい？　よく聞いてごらんよ、面白いから」

普通の赤ん坊の泣き声にしか聴こえない。しかしじっと耳をすませていると、そこにリズムがあるのに気がついた。

あぁあ、あぁあ、あー、

あぁあ、あぁあ、あー、

きれいに揃った三拍子だ。

「あー、歌ってる」

「そう、歌ってる。最初はあの子にも、確かに何か、泣く理由があったに違いないんだ。お腹が空いたとか、オシメが濡れてるとか、おしっこがしたい、うんちがしたい、お母さんにだっこしてもらいたい……。理路整然とは話せないからね。だけどアタシャ、こう思うよ。あの子は泣くうちに、自分の泣くリズムを発見したんじゃないかい？　うれしかったに違いないよ。途中から、泣く理由も忘れて歌いだした……不快感と快感とが入り交ざったような、悲しみと甘えと喜びとが混ざったような、あれはそういう泣き方だろう？」

言われてみると、そんな気がした。勝手な解釈には違いないだろうが、三田村さんは赤ん坊にすっかり同化していて、一緒に泣き、一緒に喜び、一緒に歌っているようだった。

「おおむかしは、泣くのも喜ぶのも、それこそ歌うことと区別がつかなかった時代があるんじゃないかい？　そうだとすれば……わからないのは、怒るとか憎むって感情だよ。どこからどうやって生まれてきたのかねえ。歌うように怒るというのは想像できないもの」

三田村さんは時々妙なことを言う。それは独り言のようでもあるので、わたしはただ傍にいて、こうして黙って聞いている。

ある日、要望が出された。

「詩が読みたいんだけど、もう黙読ができない。あんた、代わりに朗読してくれないかい」

「よろこんで。お気に入りの詩はありますか」

三田村さんはしばらく黙っていたが、閉じたまぶたの裏でまなこがぐりぐりと激しく動いているのが見えた。

「おかしいね、みんな忘れてしまった。繰り返し繰り返し大切に読んできた詩もあったのに」

「たくさん読みすぎたんですよ」

そう言ってから、自分の言葉が皮肉に聞こえなかったかと、少しおそれた。

けれど三田村さんは素直だった。

「そうだね、読みすぎた。貪欲だった。むさぼるように文字を読んだよ。なのにいま、何も残っていない。どこへいっちゃったんだろうねえ。あーあ」

「読むだけじゃなくて、書いてもいたんでしょ。前にそんなこと、おっしゃっていました」

「誰にも見せたことはないよ。みんな燃やしちゃった」

「まあ、燃やすことはないのに」

「何も残ってないんだから、書かなかったのと同じさ」

「だけど詩を書いた時間は、誰にも消せないわ」

「それは……まあ、そうだけど……」

何がおかしいのか、三田村さんはクシャッと笑った。

わたしは本棚の中段に手を伸ばし、できるだけ薄くて軽い詩集を選ぶ。岩波文庫。

「これ、どうかしら。ツジ、ツジ、えっとこれ、なんて読むのかなあ」

「詩人で岩波文庫でツジといえば、ツジユキオ」

「あ、あたり」

「クイズじゃないよ、覚えておき」

「はい。辻征夫さんのなかから、何か読みましょう」

「そうだね、お願い」

「その前に教えてくださいよ。この詩人、生きてるんですか」

「なくなった。生きてればアタシくらい」

「ふーん」

「めくってみて。目次があるよ。そこに『隅田川』って詩集が入っている。そこから一篇、なんでもいいよ」

「『隅田川』じゃなくて、『隅田川まで』って書いてありますけど。隅田川まで行くのかしら。変なタイトル」

三田村さんがまた、声もたてずにクシャッと笑った。

「そう、変なことばかりだよ、詩って」

「これなんかどうかしら。タイトルはね、五時に雀が目をさました。じゃあ、行きますね、一行目から」

五時に
雀がいっせいに目をさました

詩を朗読するのは初めてだった。そもそも学校を卒業して以来、詩というものを読んでいない。読みながら、頭のなかが、いつものと違う動き方で動き出したのがわかる。

だけど一行目からひっかかる。リアルな散文家ならこう書くだろう——わたしは五時に目をさました。雀が鳴いていた——と。ああそのほうがどれくらいすっきりするか。

それにしても詩のなかのこの「わたし」ずいぶん早起きだ。……読みながらいろんな思いがあふれてくるが、詩には先がある。わたしは読み続ける。

六時には雨が降っていた
七時にはなにも降っていなかった

これも変な行だ。特に七時のほう。雨のほかに何が降るというのか。七時には雨が上がったと、なぜ書かないのだろう。

七時にはなにも降っていなかった。

もう一度、繰り返して読んでみる。するといきなり、雨ではない、猫や犬、硬い棒などがざあざあと降ってくるところが思い浮かんだ。詩にはまだ先がある。わたしは読み続ける。

そして七時すぎには私はジャンパーを着て
冬の街路に出た
背をまるめ
首をすくめ
隅田川まで歩いた
(隅田川は夜明けに
小川のせせらぎのようなかすかな
音をたてて流れる
わたしはそれをなんどかきいたことがある)

ここまで読んで、へえと思った。夜明けの隅田川は、ほんとうに小川のせせらぎのような音をたてるのだろうか。わたしは隅田川に近い、江東区福住で生まれ育ち、今もそこに暮らしている。けれど、夜明けじゃなくても、隅田川がそんなきれいな音をたてるところにでくわしたことがない。しかし詩を読んでいると、その水音に胸がすすがれる思いがする。

詩にでてくる「わたし」って誰のことだろう。作者だろうか。するとツジユキオということだろうか。ならばツジユキオは、夜明けの隅田川の水音を本当に聞いたのだろうか。詩には残りがある。けっこう長いのね。わたしは読み続ける。

だがいまは　せせらぎはきこえず
川ぶちの工事現場で
男が四人焚火をしようとしていた
わたしはそこへ行った
ゆがんだドラムカンの中で
重油と丸太が燃えあがった
わたしは火を見つめ
河を見つめ
わたしにタバコをすすめる男の
武骨な手を見つめた

（「隅田川まで―作文の試み」『谷川俊太郎編　辻征夫詩集』岩波書店　二〇一五年）

これで終わり。――なんだか思いがけないところへ出てしまったと思う。隅田川支流の小魚になった気分だ。わたしは黙って、武骨な男のごつごつとした手を思い浮かべた。

これで終わり――声がとぎれ、詩が終わったのがわかる。しかし詩は、本当はまだ続いていて、言葉が途切れた先を歩いているような気がしてならなかった。

「ありがと、いい声だね。女のひとにしちゃ、渋い、色っぽい声だ、あんた、いくつになったの」

ちょっと間があいて、返ってきた言葉は、「忘れましたよ、詩の朗読なんて初めてやりました」

まるみはほめると、怒ったような反応をする。ほめられることに慣れていないのだろう。そのところは、若いころのアタシによく似ている。

ひとに朗読をお願いしておきながら、いつものことで、ついうとうと夢をさまよった。その間も、まるみの声はずっと聞こえていて、詩と夢とが混ざりあってしまった。

さきほどまで、アタシは隅田川の川岸でせっせと一人、洗濯をしていた。洗っているのはどれも長く白い帯のようなもので、誰が着るものかはよくわからなかった。夢のなかの川は、ぴちゃぴちゃ、ちょろちょろと、小川のせせらぎのごとく、幼児の小水のごとく、清く涼しい音をたてて流れていた。片端からすすぎ、すすいだものを、せっせと物干し竿に干していった。川岸は風にひるがえる白い布でいっぱいになった。胸がいっぱいになるような景色だったねえ。

春過ぎて夏来にけらし白妙の
衣ほすてふ天の香具山

子供の頃、お正月のカルタ取りで覚えた持統天皇のこの歌。忘れたはずが、頭の片隅に灰のように積もっていて、それが今頃、こんな夢を見させたのか。

ケアマネさんから、在宅で終末期の緩和ケアを受けられるという「カント」を紹介されたのは、アタシにとっては幸運なことだった。長くはないとわかっていたが、野垂れ死ぬと言葉ばかりの覚悟をしてみても、粋がれるのは本人だけ。死後の始末は、必ず誰かの手を煩わせることになる。一人で生きるという言葉すらが、すでに傲慢この上ないことだった。そんなとき、自宅で最期を迎える方法があると聞かされた。アタシのような一人暮らしでもみとってくれる人がいるという。

富岡まるみはそこから来た介護補助員さんだ。そう若くはないがまだ新米のようで、医師や看護師の医療チームとアタシら患者との間に立ち、生活面をサポートしてくれる。それがどんなにありがたかったか。

「三田村さん、この詩、覚えてましたか」

「覚えてる。いや、思い出したよ」

そう答えながら、詩とは思い出すもの、そのために一度は忘れなければならないものだと、今更ながら思う。

目の裏から白い布がすべて吹き飛ばされ、今度は詩の最後に登場した、ドラムかんの火の赤が広がる。

それを取り囲む四人の男。そのなかに談笑している父が見える。あとは見知らぬ男たち。

家を出たのは十八のときだった。東京深川の、日に焼けた畳の家を捨てた。町工場の油がしみこんだ、いつも汚れた節くれだった父の手を捨てた。モンペをはいた母のあきらめた顔。決して涙をこぼさないくせに、いつだって泣き出しそうなあの顔を捨てた。五歳上の兄はとっくに家を出ていて、どこにいるのか、生きているのかもわからなかった。

ここへ戻ったのは二十年前。親族は誰も残っていなかった。深川という地名は一部に町名として残ったものの、一帯からは失われていた。生まれた町に程近い、白河二丁目のアパートに落ち着いた。

「三田村さん、夜明けの隅田川って、本当に小川のせせらぎみたいな水音をたてるんですか」

「さあねえ、アタシは聞いたことがないね」

「わたしもです。聞いてみたいな」

「なら、早起きして、川岸を歩いてごらんよ」

「それは無理。夜明け方なんて、熟睡中ですもの」

昔、川岸を歩いた。誰と歩いたのだろう。思い出せない。誰か好きな人。名前も顔も思い出せないその人と、楽しかった。嬉しかった。

ふうっと川風が頬をなでていく。まるみがうちわで風を送ってくれたのだろう。

「夜明けの隅田川に、ツジユキオさんは歩いていったのかしら。それとも、川岸に住んでいて水音を聞いたのかしらん」

「辻征夫は確か、向島の生まれ。川の近くには違いないがね、実際、聞いたのかどうかは誰にもわからない。詩には実際とは違うことを書いていいんだよ。せせらぎって言葉がいいね。隅田川はむかし、綺麗な川だった。子供たちがそこで泳いだものさ」

開《あ》かない目を、さらに固く閉じ、まぶたの裏に川を呼び寄せる。隅田川、隅田川、滔々と流れる隅田川。浜離宮から浅草まで、船で渡ったことがある。わけは思い出せない。とにかく行った。一人だった。船を追ってくる、白い都鳥を間近で見た。筒状の胴体が武器のようで不気味だった。鳥たちは、船人たちが餌として撒くかっぱえびせんを目当てに追いかけてくるのだ。

「辻征夫という人は、隅田川の水音を体の奥にしまっているような人だったねえ」

傍らにまるみがいるのも忘れ、思わず独り言をつぶやいた。

「うわぁ、三田村さん、ツジさんに会ったことがあるんですかぁ」

「あるよ。一度だけ」

一度だけと口に出すと、それはばかにロマンチックな響きを帯びた。閉じた目の奥に詩人が立っている。

「えらそうなところがまるでなく、それでいて、なんともいえない高貴なところがあった。会ったわけじゃなく、一方的に見たんだよ。話したわけじゃない」

「なぁんだ、恋人だったのかと」

誰かの講演会だった。その人は詩について話した。そのとき、講演者よりも、会場の片隅に立つ一人の男の人に目が吸い寄せられた。その人が辻征夫だった。初めから、そうとわかったわけではない。情けない顔で、メガネをかけて、地味な背広を着て、その人は立っていた。そこにいるのに、いないような立ち方だった。とても気が弱そうに見えた。ふっと吹けば、吹き飛んでしまいそうだった。彼のいるところだけ世界が凹んでいた。あ、あれ、壁ぎわのあいつ、ツジユキオだぜ。背後で誰かがささやく声がして、ああ、あれが辻征夫かとアタシは思った。

電信柱
あるいはポスト
避雷針
幽霊のように
立っている人
立つことはむずかしい
椅子に座ることよりもずっと
あらゆる所作のなかで
一番の難行と　いってもいい
心なき身にもあはれは知られけり
ただ立って
立ち尽くして半世紀

名前がはがれ
髪の毛はがれ
はげになって
もうなにもかもが
こそげ落とされ
体はすでに半透明
もう少し
あともう少しで存在が消える
何も持たず
てぶらのままで
立っている人
初めて　ここへ来たときもそうだった
だからいくときも
てぶらで　ゆこう
立つためにだけ　立ち

何かのためには　何もしなかった
役には立たなかった
ただ立っていた
さようなら
みなさん、さようなら
鴫立つ沢に
秋の夕暮れ

すーと静かになって、寝息が聞こえてくる。三田村さんは眠ったようだ。

詩集を閉じ、本棚に戻した。そうして三田村さんの白い顔を、上から今一度、見下ろした。夢を見ているのだろうか。閉じたまぶたのなかで眼球がぐりぐりと移動している。

また別の日。意識の混濁が始まっていた。

三田村さんが眉間にシワを寄せ、ひどく険しい顔をしている。枕元に置いておいた「スイッチ」がないという。

わたしも疑われた。

「まるみさん、あんたが隠したんだね？　どこへやったの？　早くスイッチをここへ戻して」

三田村さんの言う「スイッチ」とはいかなるものか。どんな形状か。案外大きくて、がっしりとしていて、押し甲斐というのも変だが、そうとう押し甲斐のあるものに違いない。わたしはその「スイッチ」をもちろん知らないが、三田村さんの頭のなかにある「スイッチ」を見てみたいと思う。

一緒に行った看護師の遠山さんが、わたしの耳元で「妄想」とささやく。そうして、「どんなスイッチなの」と三田村さんに冷静にたずねる。

「だからスイッチだよ、あんただって見ただろう。あれさえ押せば、あれさえ押せば……」

あれさえ押せば、すべての問題は解決する。きっと三田村さんはそう思っている。わたしもほしい。そんなスイッチ。

生きているあいだ、わたしたちはなんてたくさんのスイッチを、入れたり切ったりするのだろう。生きることは、スイッチを入れたり切ったりすることだ。わたしと遠山さんは、スイッチを探すふりをする。ふりをしているうちに、そのスイッチが本当に出て来るような気がして。

「あった、あった、スイッチがあったわよ」

遠山さんが手にラジオを持ってきた。

三田村さんは一瞬よろこんだ。だがそれがラジオだと知るとひどく怒った。

「ばかにするのかい！　いい加減にしておくれ！　アタシが言うのは、あのスイッチだよ！」

梅雨が終わり、いよいよこれから本格的な夏が始まるという日のこと。その日も看護師の遠山さんと組んで三田村さんの家に行った。着いてまず、わたしがすることは、簡単な掃除がけ、そして三田村さんの身体を拭くために、ホットタオルを用意すること。カントでは、古くなって用済みになった炊飯機をたくさん貰い受け、その保温機能を利用してホットタオルを作る。これは案外、便利で簡単だ。絞ったタオルを四、五本、放り込んでおくと、そのうち適温のホットタオルができる。

最初、裸を他人にさらすことを三田村さんは嫌がった。おずおずとパジャマのボタンをはずしたあとも、悪いねえと恐縮がった。最近はようやく、力が抜けて、わたしたちに身を委ねてくれる。

身体拭きが終わると、次は洗髪。蒲団を濡らさないようにビニールシートを敷き、三田村さんの髪を洗う。地肌の見えるほど薄くなった髪は、数滴のシャンプーで見事泡立つ。グレープフルーツのいい香り。介護の現場では、患者さんを寝かせたままで、何でもする。何でもできる。それから爪を切り、ヒゲを剃った。女の人でも放っておくと、口のまわりにびっしりとヒゲがはえる。命には別状ないが、おばあさんがおじいさんに見えてきて気の毒になる。

穏やかなときには、必ずありがとうと言うのを忘れない三田村さん。そのときもまた口元をクシャッとさせて、ありがとうの「あ」をつくった。しかしそれはもう、音にはならなかった。

いつもと少し違う様子に、「ちょっと先生に連絡してくるわ」と遠山さんが部屋の外に出た。

そのとき三田村さんが、かすれ声でわたしを呼んだ。

「隅田川の川岸に、女の子がいるの。その子をここへ連れてきてほしいんだよ」

「どんな子？」

「寂しい子」

「名前は？」

「きょうこ」

「どんな字を書くの」

「鏡の子、じれったいね、わかってるだろ」

「ああ、三田村さんと同じ」

「え？　アタシと同じ？　そうだったかね。見ればわかる、すぐにわかるよ、その子を連れてきて、すぐに連れてきて」

「わかった、今から行ってみるから、まかせてください」

意識のせん妄が始まっていた。三田村さんの頭のなかで進行しているできごとに、ここは、いっしょになって乗っていくしかない。

「よろしくね、頼むよ、きっとだよ……」

「大丈夫よ、大丈夫だから」

翌日、三田村さんは逝った。


わたしはそのあとも、引き続いて同じアパートに通った。末期がんのおじいさんがいて、三田村さん同様、身寄りがない。

三田村さんが暮らしていた部屋は、あれからずっと空いたままだ。一階の赤ん坊はよく泣いた。歌うような泣き方も相変わらずで、それを聞くと、三田村さんを思い出した。

ある日、遅い夏休みをとったわたしは、どこへ行くのでもなく隅田川テラスを散歩したくなって、清洲橋まで足をのばし、橋のたもとから大川の岸辺へ降りた。振り返ると、スカイツリーが意外な大きさでそそり立っていた。いつもそうだ。スカイツリーはふりかえるとそこにいる。びっくりする。見られていたみたいにどっきりする。

午後四時半。永代橋のほうへ歩きだす。まだまだ暑い。汗が吹き出てくる。川の向こう側はすでに影に入り、江東区側のこちら側にはまだ強い陽射しが照りつけていた。

ちいさな女の子が、向こうから一人で歩いてくるのが見えた。思いの外の早歩きで、ぐんぐんと近づき目の前に来た。思い詰めたような真剣なまなざし。思わず声をかけ、引き止めてしまった。

「暑いわねえ。こんな日に一人でどこへ行くの」

帽子も被らず、てぶらであった。見ればスカートの裾がほつれている。まつりぬいの糸がほころびているのだ。

子供は「おばあさんに会いにいくんです」と言う。漆黒の瞳が強い光を放っている。

「ああ、おばあちゃんの家に行くの。ここから遠いの?」

「うん、ちょっと遠いけど、大丈夫です。おばあさん、死んでしまうんです。まにあわなかったから困るから、急いでいるんです。さようなら」

とても深いところから、一気に浮上したような「さようなら」だった。胸に冷水をかけられたようにぎくりとする。

「気をつけていくのよ、日陰を選んで歩いておゆきなさい」

その背中は、あっという間に豆粒ほどになった。

あたりがふいにぶどう色になって、自分が一人、夜明けのなかに立っているような気がした。夕方に取り残され、幼子になったように心細い。影の湧く橋の下をくぐる。川のほうへと身を乗り出すと、護岸を打つ水音がした。初めて聴く、隅田川の音だ。

あとがき

小学生たちが集まった講堂で、詩の朗読をしたことがある。質問コーナーで、一人の子供が手をあげた。

「いつ、どうして、詩人になったんですか」

講堂に響く明るい声に、ざわざわと笑いが広がった。そのときのことはよく覚えている。子供の声はまるで魚のように、すうっとわたしの心のなかに入ってきた。わたしは答えるというよりも、その魚のゆくところに従って自分のなかに潜っていった。いつ、どうして。

わたしは今、自分で書いた詩を読んだし、肩書には詩人とついているけど、今のわたしは詩人じゃない。詩人って本来、自分で名乗れないものだと思う。だけどそんなわたしにも、確かに詩人だったと言えるある短い時期がある。それは詩も書かず、一冊の詩集も持たなかった、ちょうどあなたたちのような小学生の頃。わたしはある確信を持って、そんなことを話した。

ある日あるときの幼年を、一つずつ書いていくことにした。一つ書くと、幼年の面積が一つ減るというわけではなく、一つの奥から新しいもう一つが、さらにずるずると引き出される。書き終わってみると、ばらばらだった断片のイメージが互いを補いあうように繋がっていった。

「オパール」では叔母の婚約指輪のことを書いたが、あの宝石の乳白色が祖父の片目に重なった。祖父の右目は生来の傷で白く濁っていた。二歳だったわたしがそれを覚えているはずはないが、見たという記憶があるのは、遺影を長く見つめてきたせいだろう。幸福の王子は最後、自分の目にはめられたサファイアをツバメに持っていかせ失明した。だがその話を読むわたしたちの胸には、入れ替わりに灯される光がある。祖父もまた、その目に宿るはずだった光を家族に残して死んだのだと思う。

ウェブサイト連載時よりお世話になった白水社の上田和男さん。率直・繊細・大胆なご忠言にどれほど学び助けられたかわからない。小池奈央美さんには毎回の温かい励ましをいただいた。お二人に深く感謝します。

二〇一七年十月

小池昌代

本書に収録されたエッセイは、白水社のウェブサイトに二〇一四年八月から二〇一七年五月まで二四回にわたり連載されたものです。刊行にあたり加筆修正を行いました。登場人物の一部は仮名です。
掌編小説「スイッチ」は、本書のために書き下ろしたものです。

著者略歴
小池昌代（こいけ・まさよ）
一九五九年東京・深川生まれ。詩人・小説家。津田塾大学卒業。主な詩集に『永遠に来ないバス』（現代詩花椿賞）、『もっとも官能的な部屋』（高見順賞）、『夜明け前十分』、『ババ、バサラ、サラバ』（小野十三郎賞）、『コルカタ』（萩原朔太郎賞）。最新刊に『野笑　Noemi』。小説集には『感光生活』、『裁縫師』、『タタド』（表題作で川端康成文学賞）、『ことば汁』、『怪訝山』、『黒蜜』、『弦と響』、『自虐蒲団』、『悪事』、『厩橋』、『たまもの』（泉鏡花賞）など多数。
主なエッセイ集に『屋上への誘惑』（講談社エッセイ賞）、『産屋』、『井戸の底に落ちた星』、『詩についての小さなスケッチ』。他に、『通勤電車でよむ詩集』、『おめでとう』、『恋愛詩集』など、詩のアンソロジーを編集した。近年は「百人一首」現代詩訳の試みを通して、和歌と近・現代詩とを往復。『日本文学全集02　百人一首』の現代語訳と解説を担当。『ときめき百人一首』を刊行した。

幼年　水の町

二〇一七年一二月　五　日　印刷
二〇一七年一二月二〇日　発行

著　者 © 小　池　昌　代
発行者　及　川　直　志
印刷所　株式会社精興社
発行所　株式会社白水社
東京都千代田区神田小川町三の二四
電話　営業部　〇三(三二九一)七八一一
　　　編集部　〇三(三二九一)七八二一
振替　〇〇一九〇-五-三三二二八
　　　郵便番号　一〇一-〇〇五二
http://www.hakusuisha.co.jp

株式会社松岳社

ISBN978-4-560-09588-1

Printed in Japan

からだとはなす、ことばとおどる

石田 千

「あたりまえに失われる毎日をひきとめたいと書くことは、大それた望みだと思う」ふれる、まつ、うたう、なく、わすれる、きく……身体と心をことばでとり結ぶ、二十二篇。

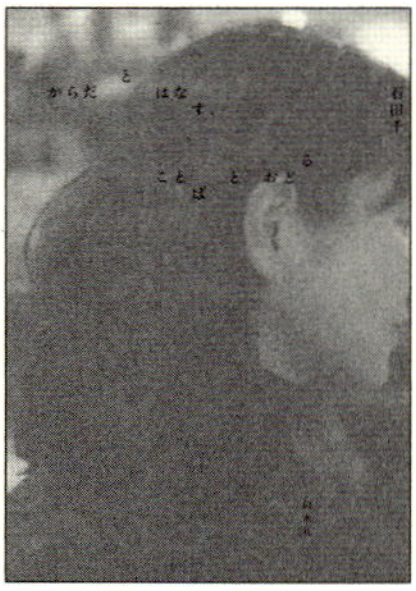